二見文庫

クリおね伝説

睦月影郎

目次

クリおね伝説

第一章　女だけの屋敷

1

「ねえ、少しでいいからしようよお。ツミちゃんが死ぬほど好きなんだ……」

平夫《ひらお》は、懇願するように身をくねらせて宇津美《うつみ》に言った。

ここは蒲田《かまた》にある彼女のハイツである。部屋に呼んでくれ、しかも一泊できるので、彼女もその気なのだろう。

猿田《さるた》平夫は十八歳の大学一年生。実家は伊勢で、アパートは高円寺にある。

天野《あまの》宇津美は同い年だが、この九月に十九歳になったばかりの乙女座。早生まれで山羊座の平夫より、四カ月ばかりお姉さんだ。

北海道出身の宇津美とは、入学と同時に知り合い、同じ歴史サークルで仲良くなった。

しかし親しくなって半年近くになるのに、まだキスもしていない。

宇津美のハイツは六畳と広いキッチンで、一緒に夕食を済ませ、平夫は入浴と歯磨きと放尿まで済ませ、Tシャツとトランクス姿だった。

今日は金曜の夜で、明日からシルバーウイークに入る。

実は今回、宇津美が北海道の実家へ帰るというので、前から行きたいと思っていた平夫が同行を申し出ると、あっさりOKしてくれたのである。

しかも出発が朝早いので、羽田空港に近い彼女のハイツに泊まることまで許してくれたのだった。

平夫は色白で小柄、スポーツは苦手な文学好き。高校時代にも女の子とは話せず、彼女も出来なかった。

それでも大学生になったのだからと積極的に、好みの美少女である宇津美に接近し、何とか親しくなったのである。

宇津美は色白でぽっちゃり型のセミロング、笑窪の愛らしい美少女だった。

小学校時代は、オカメとかお多福とか言われていたらしい、実に和風の整った顔立ちである。

「ええ、少しだけなら……」

宇津美が、ほんのり頬を染めて答えてくれた。

彼女は洗い物を終えたばかりだから、まだ入浴前のジーンズ姿である。

「本当？」

「ええ、でも約束して。最後まではしないって」

と、宇津美が愛くるしい眼差しを彼に向けてきっぱりと言った。

「う、うん。途中まででもいいけど……、どうして？」

「初体験は、実家の自分の部屋って決めてあるの」

「じゃ、明日の晩なら最後まで出来る？」

「ええ、今日の猿田君がとっても優しかったならば」

宇津美が言う。どうやら初体験への強いこだわりがあるようだ。

そして旧家で間数《まかず》も多いから、彼も泊めてくれることになっているのである。

「じゃ脱いで」

平夫は気が急くように言った。部屋にはベッドがあり、朝まで一緒に寝られるだろう。

「待ってね、急いでお風呂入ってくるから」

「い、いや、今のままがいい。ツミちゃんの自然のままの匂いが好きなんだ」

「だって、ゆうべ入ったきりだから……」

「いいからいいから……」

平夫は彼女の手を引き、ベッドへと連れて行ってしまった。部屋の灯りは消えているが、キッチンから射す照明で充分に観察できる。

「恥ずかしいな……」

宇津美はモジモジと言いながらも、彼の勢いに押されながら諦めたようにベッドの端に座った。そして平夫が彼女のブラウスのボタンに手をかけると、途中から自分で脱ぎはじめてくれた。

彼も手早くシャツと下着を脱ぎ去り、先に全裸になってベッドに横たわった。

枕には、甘ったるい美少女の匂いが沁み付いていた。汗と涎の匂いだろうか、それが悩ましく胸を刺激し、甘美な悦びがムクムクと勃起したペニスに伝わっていった。

やがて彼女もブラウスとジーンズを脱ぎ、ブラと下着も脱ぎ去って、羞恥に身を縮めながら添い寝してきた。

「ああ、嬉しい……」

平夫は感激して言い、すぐにも彼女に甘えるように腕枕してもらった。

女子高出身の彼女は、自分と同じく、正真正銘の無垢だ。

「アア……！」

彼が腋の下に鼻を埋め、目の前で息づくオッパイに手を這わせると、宇津美が熱く喘いでクネクネと身悶えた。

スベスベの滑らかな腋の下は生ぬるくジットリと湿り、甘ったるい濃厚な汗の匂いが彼の鼻腔を満たしてきた。柔らかな膨らみは豊かで張りがあり、乳首と乳輪は初々しい薄桃色をしていた。

平夫は胸いっぱいに美少女の体臭を満たしてから、指の腹でいじるうち次第にコリコリ硬くなってくる乳首に口を移動させていった。

チュッと吸い付いて舌で転がし、顔じゅうを膨らみに押し付けると心地よい感触が伝わってきた。

（とうとう女の子に触れているんだ……）

平夫は感激と興奮に包まれながら思った。中高生の頃は、年に千回ものオナニー三昧。この春からは宇津美のことばかり思って、一体どれほどのザーメンを放出してきただろうか。

「ああ……、猿田君……」

宇津美も息を弾ませて喘ぎ、ヒクヒクと敏感に肌を震わせはじめた。

平夫は充分に味わい、もう片方の乳首も含んで舐め回した。

そして、もう片方の腋の下にも鼻を埋めて嗅いでから、滑らかな白い肌を舐め降りていった。

愛らしい縦長の臍を舐め、腹部に顔を押し付けると、美少女の若々しい弾力が伝わってきた。

色白の下腹はピンと張り詰め、実に肌はきめ細かかった。

左右の腰骨辺りを舐めると、くすぐったいらしく宇津美がクネクネと腰をよじらせた。

平夫は股間を避け、ムッチリとした太腿から脚を舐め降りていった。

本当は早く神秘の部分を見たいが、どうせ最後まで出来ないのなら、じっくり時間をかけて女体の隅々まで味わいたかったのだ。

丸い膝小僧を舐め、軽く歯を立ててからスベスベの脛《すね》から足首まで下り、足裏に回り込んで顔を押し付けた。踵《かかと》から土踏まずを舐め、縮こまっている指の間に鼻を割り込ませた。

そこは汗と脂に生ぬるく湿り、ムレムレの匂いが可愛らしく沁み付いていた。

彼は美少女の足の匂いを貪り、爪先にしゃぶり付いた。

「あう、駄目よ、汚いから……」

宇津美がビクッと脚を震わせて言い、平夫は構わず押さえつけて桜色の爪をそっと噛み、全ての指の股をしゃぶり尽くした。もう片方の足も、味と匂いが薄れるほど貪った。

すると彼女は我慢できないほど身をよじり、そのままうつ伏せになってしまった。平夫もそのまま宇津美を腹這いにさせ、踵からアキレス腱、脹《ふく》ら脛《はぎ》から太腿を舐め上げ、大きな水蜜桃のように愛らしいお尻の丸みを舌でたどり、腰から背中を舐め回した。

滑らかな背中にブラの痕がほんのり残り、舐めると淡い汗の味が感じられた。

肩まで行ってセミロングの黒髪に鼻を埋めて嗅ぐと、乳臭い匂いに混じって微かにリンスの甘い香りが鼻腔をくすぐってきた。

耳の裏側も嗅いで舐め、再びうなじから背中を舐め降り、脇腹にも寄り道して肌の感触を味わいながら尻に戻ってきた。

うつ伏せのまま股を開かせて真ん中に腹這い、双丘に顔を寄せ両の親指でムッチリと谷間を広げた。

奥には薄桃色の蕾がひっそり閉じられ、視線を受けてキュッと引き締まった。

こんな天使のように透き通った美少女でも、ちゃんと排泄の穴があるのが不思議だった。

平夫は鼻を埋め込み、ひんやりした尻の丸みに顔を密着させ、蕾に籠もった匂いを貪った。すると淡い汗の匂いに混じり、秘めやかな微香が籠もり、悩ましく鼻腔を刺激してきた。

平夫は何度も深呼吸して嗅いでから、舌先でチロチロとくすぐるように蕾を舐め、襞を濡らしてヌルッと潜り込ませた。

「あう……、駄目……」

宇津美が顔を伏せたまま呻いて尻をクネクネさせ、肛門でキュッときつく彼の舌先を締め付けてきた。平夫は内部で舌を蠢《うごめ》かせ、うっすらと甘苦いような滑らかな粘膜を味わった。

やがて舌を出し入れさせて動かしているうち、宇津美が刺激から逃れるように再び寝返りを打ってきた。

彼は片方の脚をくぐり抜け、仰向けになった宇津美の股の間に陣取った。白く滑らかな内腿を舐め上げると、股間から発する熱気と湿り気が顔中を包み込んできた。

とうとう神秘の部分に辿り着いたのだ。

平夫は感激に胸を高鳴らせ、美少女の中心部に目を凝らした。

ぷっくりした丘には楚々とした恥毛がほんのひとつまみほど恥じらうように煙り、丸みを帯びた割れ目からはみ出す花びらは、しっとりと清らかな露を宿して潤っていた。

そっと指を当てて左右に広げると、中も綺麗なピンクの柔肉。処女の膣口が花弁のように襞を入り組ませて息づき、ポツンとした尿道口も見えた。そして包皮の下からは、真珠色の光沢を放つクリトリスが顔を覗かせていた。

もう堪《たま》らず、彼はギュッと顔を埋め込み、舌を這わせていった。

2

「ああッ……、ダメよ、恥ずかしいから……！」

宇津美がビクッと顔を仰け反らせて喘ぎ、それでも言葉とは反対に内腿でギュッときつく平夫の両頬を挟み付けてきた。

彼ももがく腰を抱え込んで押さえ、味と匂いを堪能した。

若草の隅々には、腋に似た甘ったるい汗の匂いが濃厚に籠もり、それにほんのりオシッコの匂いと、チーズに似た処女特有の恥垢臭の刺激も混じり、悩ましく鼻腔を掻き回してきた。

味や匂いのことは、今までネットや官能小説で知っていたが、実際に味わうとそれは格別な感激と興奮をもたらした。

舌を挿し入れて膣口の襞をクチュクチュ掻き回すと、淡い酸味のヌメリが動きを滑らかにさせた。

そして滑らかな柔肉をたどってクリトリスまで舐め上げると、

「アア……、すごい……!」

宇津美が感じすぎるように、嫌々をして声を上ずらせた。

蜜の量も増し、平夫はクリトリスを刺激しては、新たに溢れるヌメリを舐め取った。

「ね、指を入れてもいい?」

「ええ、指だけなら……」

股間から訊くと、宇津美も白い下腹をヒクヒク波打たせて小さく答えた。彼はクリトリスを舐めながら、指先で濡れた膣口を探り、ゆっくり潜り込ませた。

「く……」

彼女が違和感に息を詰めて呻き、それでも潤いが充分だから、指はヌルヌルッと温かな内部に吸い込まれていった。内壁は、ペニスを入れたら心地よいだろうと思えるヒダヒダがあり、息づくような収縮が繰り返された。

確かに指一本がやっとできつい感じはあるが、これだけ濡れているのだし、何しろもう十九歳なので、今まで処女だったことが奇蹟のようなものだ。

もちろん禁を破って犯すようなことはしない。この分なら明晩にも、正式に結ばれることだろう。

平夫はクチュクチュと小刻みに指を蠢かせ、美少女の味と匂いを心ゆくまで貪った。

「も、もうやめて……」

宇津美が言うので、彼も舌を引っ込め、愛液に濡れた指をヌルッと引き抜いて添い寝した。

そして後回しになってしまったが、緊張しながら唇を重ねてゆき、ようやくファーストキスを体験した。ぷっくりした柔らかな唇が密着し、弾力とともに唾液の湿り気が伝わった。

間近に迫る顔が何とも愛らしく、神聖な頰の丸みに笑窪が見え、微かに産毛が震えているようだ。

そろそろと舌を挿し入れて唇の内側を舐め、滑らかな歯並びをたどり、ピンクの歯茎まで舐め回した。すると宇津美も歯を開いて侵入を受け入れ、彼はネットリと舌をからめた。

美少女の舌は生温かな唾液にまみれ、実に滑らかにクチュクチュと蠢いた。

平夫は舌を舐め合いながら、再びオッパイに手を這わせた。

「アア……」

宇津美が息苦しそうに口を離し、唾液の糸を引いて熱く喘いだ。

その口に鼻を押しつけて嗅ぐと、微かな唾液の香りに混じり、甘酸っぱい息の匂いが悩ましく鼻腔を刺激してきた。

まるでリンゴとイチゴを食べた直後のようにかぐわしく、彼は可愛らしい匂いを貪ってうっとりと胸を満たした。

もう我慢できず、宇津美の太腿に勃起したペニスを擦りつけ、さらに彼女の手を握って股間に導いた。すると宇津美も好奇心からか触れ、まるで未知のペットでも可愛がるように優しく撫でてくれた。

「ああ、気持ちいい……」

平夫は、生まれて初めて人に触れられる快感に喘ぎ、仰向けの受け身体勢になった。宇津美も呼吸を整えて身を起こし、勃起したペニスを見下ろしてニギニギしてくれた。

「すごいわ。こんなに硬くて大きいのが入るのかしら……」

彼女が言い、無邪気にいじり回した。

平夫は、オナニーと違い、予想もつかない指の動きに幹を震わせ、もどかしい快感に腰をよじった。

「ね、出さないと終わらないのでしょう？　このまま指でいい？」

「い、いや、出来ればお口で……、僕は綺麗に洗ったので……」

「まあ……」

入浴していない彼女は、自分は綺麗ではなかったのかと詰《なじ》るように睨んだ。

「あ、ごめんね。そんな意味じゃないんだ。ツミちゃんはどこも全部いい匂いだったよ。お願い、ここ舐めて……」

平夫が言って胸を指すと、宇津美は素直に彼の胸の方へ顔を寄せてくれた。

そして乳首を舐め、熱い息で肌をくすぐりながらチュッと吸い付いた。

「あう、いい気持ち……」

「男の子でもオッパイ感じるの？」

彼が身悶えると、宇津美も言って、左右の乳首を交互に舐めてくれた。

「嚙んで……」

言うと宇津美もそっと前歯で、唾液に濡れた乳首を挟んでくれた。

「もっと強くカミカミして」

「大丈夫……？」

せがむと宇津美も遠慮がちに嚙んでくれ、あまりに彼が悦ぶので次第に力を強めて小刻みに歯を立ててくれた。

「アア……、いい……」

平夫が甘美な刺激に喘ぎ、美少女に食べられているような興奮の中でヒクヒクとペニスを震わせた。

そして彼女の顔を股間に押しやって大股開きになると、宇津美も移動して真ん中に腹這い、セミロングの髪でサラリと内腿をくすぐった。

「ね、内腿舐めたり噛んだりして……」

言うと、彼女は股間が気になるようにチラ見しながらも内腿に迫った。

そして舌を這わせ、大きく口を開いて内腿の肉をくわえ込み、咀嚼《そしゃく》するように噛んでくれた。

「あうう、いい気持ち……」

平夫はクネクネと身悶えて呻き、彼女も左右とも舌と歯で愛撫してくれた。

「ね、少しでいいからここ舐めて……」

彼が自ら両脚を浮かせて尻を突き出すと、宇津美は自分もしてもらったことだからと考えたのか、すぐにも顔を寄せてチロチロと舐めてくれた。そして熱い鼻息で陰嚢《いんのう》をくすぐりながら、厭わずにヌルッと舌を潜り込ませてきたのだ。

「く……！」

平夫は申し訳ないような快感に呻き、肛門で美少女の舌先を味わうようにモグモグと締め付けた。そして彼女が内部で舌を蠢かせると、ペニスは裏側から刺激されるように幹を上下させた。

「も、もういい、ありがとう……」

平夫は言って脚を下ろした。本当はいつまでも舐めていてもらいたいが、申しわけない気持ちがあり、ほんの少しでも舐めてくれれば気が済んだのだ。それに、もっと気持ち良い部分が残っているのである。

「ここも舐めて……」

「これ、お手玉みたいね……」

陰囊を指して言うと、宇津美は好奇の熱い視線を注いで言い、ヌラヌラと舌を這わせてくれた。二つの睾丸を転がし、熱い息がペニスの裏側をくすぐって袋全体が生温かな唾液に濡れた。

そしてせがむように幹をヒクヒクさせると、ようやく宇津美も身を乗り出し、肉棒の裏側をゆっくり舐め上げてくれた。

先端まで来ると、小指を立てて幹を支え、粘液の滲む尿道口を舐め回した。

さらに張りつめた亀頭をしゃぶり、モグモグとたぐるように喉の奥まで吞み込んでいった。

「アア……」

平夫は溶けてしまいそうな快感に喘ぎ、美少女の口の中で幹を震わせた。

宇津美の口の中は温かく濡れ、可憐な唇がキュッと付け根を丸く締め付け、笑窪の浮かぶ頬をすぼめて吸ってくれた。
熱い鼻息が恥毛をそよがせて、口の中ではクチュクチュと舌が滑らかに蠢いて
ペニス全体が清らかな唾液にどっぷりと浸った。
「い、いきそう……」
平夫は激しい快感に口走り、思わずズンズンと股間を突き上げはじめた。
すると宇津美も合わせて顔を小刻みに上下させ、濡れた口でスポスポと強烈な
摩擦を開始してくれたのだ。
もう限界である。
彼は全身が縮小し、美少女のかぐわしい口に身体ごと含まれ、舌で翻弄されて
いるような快感の中、あっという間に絶頂に達してしまった。
「いく……、お願い、飲んで……」
突き上がる大きな快感に口走り、ありったけの熱いザーメンをドクンドクンと
勢いよく宇津美の口にほとばしらせ、喉の奥を直撃した。
「ク……、ンン……」
噴出を受け、彼女が噎《む》せそうになりながら呻いた。それでも噴出を受け止めて
くれ、なおも舌の蠢きと吸引を続行してくれた。

平夫は小刻みに股間を突き上げて身を反らせ、神聖な処女の口を汚すという禁断の快楽に激しく胸を震わせながら、心置きなく最後の一滴まで出し尽くしてしまった。

「ああ……」

魂まで抜かれるような快感に声を洩らし、平夫は肌の硬直を解いてグッタリと身を投げ出した。

すると宇津美も吸引を止め、亀頭を含んだまま口に溜まったザーメンをコクンと一息に飲み干してくれたのである。

「あう……」

喉が鳴ると同時に口腔がキュッと締まり、彼は駄目押しの快感に呻いた。

すると、ようやく宇津美もチュパッと口を離すと、なおも余りをしごくように幹を握り、尿道口に脹らむ白濁の雫まで丁寧にペロペロと舐め取ってくれたのだった。

「く……、も、もういいよ、どうもありがとう……」

平夫は腰をよじり、射精直後の亀頭をヒクヒクと過敏に震わせながら降参するように言った。するると彼女も舌を引っ込め、チロリと舌なめずりしながら添い寝してきた。

「不味くなかった……?」

「ええ、大丈夫……」

訊くと宇津美も答え、再び彼を胸に抱いて呼吸を整えた。美少女の息にザーメンの生臭さは残らず、平夫はさっきと同じ可憐な果実臭の息を嗅ぎながら、うっとりと快感の余韻に浸り込んでいったのだった……。

3

(あ、そうだ。彼女の部屋だったんだ……)

目覚ましの音に驚いて目を開け、平夫は昨夜のことを思い出し、あらためて感激に胸を満たした。

隣で寝ていた宇津美も、急いで枕元の目覚ましを止めた。

互いに全裸のままだ。昨夜は平夫が射精を終えたら、彼女は一人で入浴を済ませ、灯りを消して再び全裸のまま隣に寝ると、一緒に肌をくっつけて眠ったのである。

平夫も本当はもう一回したかったが、朝も早いし一緒の旅行なので、翌日の夜を楽しみに我慢し、何とか寝ることが出来た。

しかし今は朝立ちの勢いもついているので、どうにも催《もよお》してしまった。

布団をはぎ、宇津美の胸に顔を埋め、太腿に勃起したペニスを押し付けた。

「ダメよ、仕度しないと」

「でも、どうせシャワー浴びるでしょう？　お願い、すぐ済むから」

たしなめる宇津美に縋《すが》り付き、彼は自分でペニスを握ってしごいた。

「いいわ、こうしているだけなら……」

彼女も腕枕してくれ、少しじっとしていてくれた。

平夫が顔を上げ、宇津美の口に鼻を押し込んで嗅ぐと、寝起きですっかり濃くなった果実臭の刺激が、悩ましく鼻腔を満たしてきた。

「いい匂い、もっと強く吐きかけて……」

「ダメよ、恥ずかしいわ……」

平夫が激しく右手でしごきながら言うと、宇津美も羞恥に息を震わせながらも彼の勢いが激しいのですぐ済むと思ったのか、我慢して息を吐きかけてくれた。

「ああ、すぐいく……」

彼は美少女の口の匂いに酔いしれながら幹をしごいて喘ぎ、あっという間に昇り詰めてしまった。そして一晩経って溜まったザーメンをドクンドクンとほとばしらせ、彼女のムッチリした内腿を濡らした。

「ああ、熱いわ……」

宇津美も脈打つように飛び散るザーメンを受けて言い、すぐにティッシュを手にしてくれた。平夫も全て出し尽くし、先端を彼女の内腿に擦りつけながら、すっかり満足して力を抜いた。

すると宇津美が身を起こして内腿とペニスを拭いてくれ、すぐにベッドを降りてしまった。

そして先に手早くシャワーを浴びて出ると、朝食の仕度をしてくれた。

何やら新婚のような雰囲気を感じながら、ようやく呼吸を整えた平夫も起きてシャワーを浴び、歯を磨いてトイレを済ませて身繕いした。

トーストとサラダ、コーヒーの簡単な朝食を終えると、二人でハイツを出た。

平夫は、僅かな着替えや洗面道具の入ったリュックだけ、宇津美も似たような軽装だった。

京急蒲田から羽田空港国内線ターミナル駅へ行き、搭乗口にチェックインした。

すでにチケットは彼女が取っていてくれて、清算も済んでいる。

「猿田君、飛行機は初めてだったわね」

「うん、女性との旅行も初めて」

「大丈夫よ、恐くないわ」

宇津美はお姉さんのように言い、やがて二人は搭乗した。

「窓際に行って。初めてなら外も見たいでしょう」

彼女が言って、仕方なく平夫も窓際に座った。

本当は高所恐怖症だから窓の外など見たくないし、通路側の方がCAの匂いが嗅げると思ったが、せっかくの好意だし今は宇津美のことだけでも胸がいっぱいであった。

何しろ、生まれて初めて出来た恋人なのである。

もう墜落して死んでも悔いはないと思ったが、やはりまだ挿入していないので悔いは大きい。

そんなことを思っているうち出発となり、飛行機は滑走路を加速して間もなく地を離れて飛び立った。

「ね、大丈夫でしょう?」

「どうか、今は話しかけないで……」

笑顔で言う宇津美に頬を強ばらせて答え、平夫は窓の外を見る余裕もないまま脂汗を流し、ひたすら彼女の手を握りしめていた。

それでも上空で水平飛行に移ってベルトのサインが消えると、平夫もようやく少し落ち着き、運ばれてきたコーヒーで喉を潤した。

「私の家は昔から名主だったから、建物は広いけどすごく古いの。今は女ばかりで住んでいるのよ」

「へえ……」

言われて、平夫も空の上ということを忘れて興味を覚えた。

「住んでいるのは、私の母と、いとこの姉妹、そして遠縁のお姉さんだけ」

宇津美が説明してくれた。

名主だから、幕末には箱館に立て籠もった幕臣たちの世話もしていたらしい。

宇津美の母親は三十九歳の五十鈴《いすず》で、夫すなわち宇津美の父親は数年前に病死していた。

いとこ姉妹というのは、若妻で子持ち、二十五歳の秋枝《あきえ》と、地元の大学四年生で二十一歳の冬美《ふゆみ》。姉妹の親もいないらしく、天野家の五十鈴がまとめて面倒を見て、秋枝の夫も海外へ単身赴任中のようだった。

遠縁というのは三十五歳になる、栗尾寧々子《くりおねねこ》。

みな外へ働きに出なくても、不動産収入がかなりあるということだ。

（女たちだけの館か……）

平夫は、すっかり空の旅にも慣れて期待した。

しかし慣れた頃には着陸となり、またベルトを締めて緊張した。そして車輪が無事に地に着くと、平夫は一時間強の空の旅を終えたのだった。

函館空港を出て少し歩いたところで、待ち合わせしていた秋枝の車に乗った。

秋枝は髪をアップにした若奥さんという感じで、ぽっちゃりというより豊満な美女で、実に巨乳であった。

平夫は挨拶をして後部シートに座り、宇津美は助手席。また一時間弱ドライブをして、ようやく山の麓《ふもと》にある天野家に到着した。

大きな長屋門をくぐって車を降りると、目の前いっぱいに大きな屋敷が広がっていた。

今は女四人だけで住んでいるのだが、広い庭も良く手入れされ、建物は古いが実に風格があった。すでに築百五十年を越え、町の文化財にも指定されているらしい。

「いらっしゃい。遠いところようこそ」

宇津美の母親、五十鈴が出てきて平夫を笑顔で迎えてくれた。

（うわ、何て綺麗な……）

平夫は目を見張り、緊張しながら挨拶をした。宇津美もとびきりの美少女であるが、五十鈴はさらに輝くような天女であった。清楚な和服姿で、色が白く胸も尻も豊満な美熟女である。

やがて、平夫は客間に案内されて荷物を下ろし、旅館に来たように出された浴衣に着替えて寛いだのだった。

4

「従姉の冬美さんは、大学へ行っていて剣道部の練習で遅くなるわ。四年生だから主将は引退したけど、秋の大会に出る選手の面倒を見ているの。で、寧々子さんはひきこもっているから顔は出さないわ」

宇津美が囁いた。

だから今日は、冬美と寧々子には挨拶できそうになかった。

東京は残暑だが、ここは実に涼しく快適で、平夫は清らかな気を吸収するだけで来て良かったと思った。

屋敷内は、大部分は昔のままだが、居住する箇所はちゃんとサッシ窓になっているし、当然ながら水道ガス電気も普通に通っているのでキッチンバストイレは都会と全く変わりないようだ。

窓の外は山ばかりで、人家が点在しているだけ。かつては名主として村の中心にあったようだが、今は周囲の方がどんどん過疎《かそ》が進んで住人も少なくなっているらしい。

函館山や五稜郭《ごりょうかく》などは、ここからだいぶ距離があるらしい。

それでも平夫は北海道に来たというだけで満足で、観光などよりもっともっと宇津美と一緒に温もりを分かち合いたかった。

観光は、帰るときにざっと回れば気が済むだろう。

五十鈴も、平夫を宇津美の彼氏として認めてくれているようだ。

やがて昼食に呼ばれ、平夫は食堂に行った。

秋枝は赤ん坊の世話もあるので別室に引っ込み、食事なども勝手気ままにマイペースで取っているらしく、食卓に就いたのは五十鈴と宇津美母娘に平夫の三人だけだった。どうも女たちは、それぞれ干渉し合わず、奇妙なバランスで同居しているようだ。

それでも、この屋敷で初体験をしたいと長く思っていたのだから、宇津美にとってここはやはり心の拠《よ》り所《どころ》なのだろう。

朝食が簡単だったので、昼食は実に旨かった。ごく普通の飯に干物に漬け物、味噌汁なのだが、五十鈴が作っているらしく、まだ若い平夫でさえ日本の味という感じがしたものだった。

「あの、幕末の武士たちが滞在したこともあったようですが、その頃の写真や資料とかは残っているのでしょうか」

「ええ、興味がおありならあとでお見せしますわ」

訊くと五十鈴が答え、幕末が好きな平夫は期待した。

そして昼食を終えて休憩し、五十鈴が洗い物などを済ませると、約束通り奥の間へと案内してくれた。

宇津美は自室で、同窓生たちにメールなどしているようだ。

奥座敷は書庫のようになり、テーブルとソファもあった。

あとで聞くと、五十鈴の亡夫は大学で近代史の教授をしていたらしい。それで宇津美も好きで、一緒に歴史サークルに入ったのだろう。

五十鈴が古いアルバムを出して開き、ソファに並んで座った。

開くと函館、いや箱館の古写真や、当時の新聞の切り抜きなどが丁寧に整理されている。

名主時代の屋敷の写真もあったが、今とほとんど変わっていない。

「この二人が、榎本武揚《えのもとたけあき》に大鳥圭介《おおとりけいすけ》、これが土方歳三《ひじかたとしぞう》」

「へえ、すごいな……」

雑誌やネットでは見たこともないアングルの写真を見て、平夫は目を見張った。

しかし一方で、隣で顔を寄せて説明してくれる五十鈴の甘い匂いに陶然となってしまった。

三十九歳なら、平夫の母親よりずっと若い。

あとで聞くところによると学生結婚で、亡夫はここの婿養子だったらしい。

「ずいぶん幕臣たちをお世話したようですけれど、箱館戦争が終わってからは新政府軍が来て、協力者たちへのお咎《とが》めもあったようです。だから貴重な資料はしまい込んで、未だに外に出していないのです」

「そうですか……」

平夫は話への興味は半分で、五十鈴の甘い息の匂いを感じて股間を熱くさせてしまった。

彼女の吐息は白粉《おしろい》のように甘い刺激を含み、悩ましく鼻腔を掻き回してくるのである。それに襟元や胸元などからも、生ぬるく甘ったるい匂いを含んだ温もりが漂ってきた。

「土方さんが戦死して、榎本さんが降伏したのですが、その前にうちへ、いくばくかの金を寄越してくれました。もう戦のための資金も不要ということで、それで潤い、今日まで無事に続くことが出来たのです」

「なるほど……」

「姪の冬美などは、自分は土方歳三の子孫だと言い張り、幼い頃から剣道に熱中しています」

「本当に子孫なのですか」

「そのように伝わっています。陸軍奉行並みになった土方さんと、恋仲になった娘がいて子を成したと。それが冬美の家系だと言われています」

それが本当なら、土方歳三に子はいなかったという歴史が覆《くつがえ》る。もっとも青年時代に江戸へ奉公へ行ったとき、奉公人の娘を孕ませてクビになったという話もあるが、それが子を生んだという資料はない。

中に、土方歳三による辞世らしい歌が貼られていた。

「鉾とりて月見るごとにおもふ哉《かな》、あすはかばねの上に照《てる》かと……。わあ直筆ですか……」

「そう言われています」

五十鈴が答えた。

平夫は感嘆し、さらにアルバムをめくっていったが、古写真は僅かで、あとは切り抜きと屋敷や家族の写真ばかりになっていった。

「宇津美のことが、好きなのですね？」

唐突に話題が変わって五十鈴が言い、驚いて顔を上げるとすぐ近くに彼女の顔があり、慈愛の眼差しがじっと彼を見つめていた。

「は、はい。好きです。この世で一番」

「そう、真面目そうな男性で嬉しいです」

「いえ……」

平夫は答え、天女のような顔を眩《まぶ》しく思った。

やがて資料を見終わると奥座敷を出て、彼は客間に戻って少しノンビリすることにした。

日が傾くと風呂に呼ばれ、平夫は広い浴槽に浸かって力を抜いた。

本当なら、脱衣所の洗濯機に美女たちの下着があるかも知れなかったが、彼は探らなかった。観察したいのは山々だが、何しろ今夜は亨津美と本当の初体験が待っているのだ。

昨夜は口でしてもらい、今朝は温もりと匂いを感じながら指でした。そして今夜、いよいよ念願の挿入が出来るのだから、今は他の女性のことは考えないようにしたのだった。

そして夕食となり、今度は秋枝も加わって四人でテーブルを囲んだ。

食卓には海と山の幸が並び、もちろん誰もアルコールは飲まないので、当たりさわりない大学の話などをしながら食事を終えたのだった。

食堂にはテレビもないので、茶を飲んだら彼は客間に引っ込んだ。女性たちは順々に入浴するようだ。

客間には床が敷き延べられ、古い旅館に来たような感じだった。

しかし、さすがに横になると眠ってしまうだろうから、何とか身を起こしたまま携帯をいじったが、まだ大学では親しい友人もいないのでメールなどもなく、少しの間フェイスブックやネットニュースを見て過ごした。

するとパジャマ姿の宇津美が、そっと入ってきたのだ。

「ああ、お風呂に入っちゃった」

「ええ、みんな入るのに私だけ入らないわけにいかないもの」

宇津美が答え、とにかく待っていた平夫は激しく勃起した。

「私のお部屋に来て」

「うん、見つからないかな」

「大丈夫。みんなお部屋は離れているから」

言われて一緒に部屋を出ると、平夫は彼女について暗く長い廊下を曲がりくねって進んだ。

やがて宇津美の部屋に入ると、そこは洋式のドアでロックも出来るようになっていた。中は八畳ほどの洋間でカーペットが敷かれ、ベッドと学習机、本棚などが置かれていた。

ごく普通の女の子の部屋で、長く留守にしていたせいか、それほど甘ったるい匂いは籠《こ》もっていなかった。とにかく宇津美は、この部屋で初体験をしたかったようだ。

「もう誰も来ないし、朝まで誰にも会わないわ」

「うん、じゃ脱ごう」

平夫が帯を解いて浴衣を脱ぐと、もう下には何も着けておらず、ピンピンに勃起したペニスがぶるんと急角度に跳ね上がった。

宇津美もパジャマ上下と下着を脱ぎ去り、互いに全裸になってベッドに横になった。天井の灯りは消したが、枕元のスタンドが点いている。

彼は宇津美の乳首に吸い付き、膨らみに顔を埋め込んでいった。

5

「ああ……、いい気持ちよ……」

宇津美が顔を仰け反らせて喘ぎ、平夫も左右の息づく乳首を舐め回し、充分に愛撫した。

しかし腋の下に鼻を埋めて嗅いでも、ほのかな湯上がりの匂いに混じり、彼女本来の甘い体臭はほんの少ししか感じられなかった。

それでも失望などは無い。こうして女体に触れられるだけでも幸せで、初の挿入への期待も高まっていった。

肌を舐め降り、宇津美の股を開かせて腹這い、股間に顔を押し付けていった。

柔らかな茂みにも湯上がりの匂いが籠もり、それでも舌を挿し入れて割れ目内部を探ると、彼女も期待と覚悟にネットリと愛液を溢れさせ、淡い酸味のヌメリが満ちていた。

平夫はこれから処女を失う膣口の襞を舐め回し、クリトリスまで舐め上げた。

「アア……!」

宇津美が熱く喘ぎ、内腿でムッチリと彼の顔を挟み付けてきた。

彼はチロチロと舐め回して愛液の量を増やし、一応両脚を浮かせて尻の谷間の可憐なピンクの蕾も舐めた。

ここも匂いはなく物足りないが、潜り込ませてヌルッとした粘膜を味わい、やがて美少女の前も後ろも存分に味わったのだった。

顔を上げると、宇津美は身を投げ出してハアハアと熱い呼吸を繰り返し、すっかり受け入れる準備も整っているようだ。

「ね、舐めて濡らして……」

言いながら彼は宇津美の胸に跨がり、股間を進めながら幹に指を添えて先端を下に向け、清らかな唇に押し付けた。

「ンン……」

宇津美も素直に亀頭を含み、熱く鼻を鳴らしながら吸い、クチュクチュと舌をからみつけてくれた。

「ああ……、気持ちいい……」

平夫は股間に美少女の熱い息を受け、滑らかな舌に愛撫されて喘いだ。

さらに両手を前に突いて奥まで押し込むと、ペニス全体が宇津美の温かく濡れた口腔に納まり、清らかな唾液にまみれた。

彼女も懸命に舌を蠢かせて唾液に濡らし、上気して笑窪の浮かぶ頬をすぼめて吸ってくれた。

やがて充分に高まり、ここで暴発したら元も子もないので平夫はペニスを引き抜いた。そして彼女の股間に戻って大股開きにさせると、ペニスを構えて前進していった。

宇津美も、すっかり意を決して目を閉じ、息を弾ませて股を開いていた。

幹に指を添え、唾液に濡れた先端を割れ目に擦りつけ膣を探ると、やがてヌルリと亀頭が潜り込んだ。

そのまま彼は腰を進め、処女膜の抵抗と肉襞の摩擦を受けながらヌルヌルッと一気に根元まで挿入していった。

「あう……！」

宇津美が眉をひそめ、破瓜《はか》の痛みに呻《うめ》いた。しかし潤いは充分すぎるし、すでに十九歳なので問題なく肉棒は深々と嵌《は》まり込み、ようやく処女と童貞は一つになることが出来たのだった。

（とうとう体験したんだ。こんなに可愛い子と……！）

平夫は感激と快感に包まれながら思い、温もりと感触を嚙み締めて股間を密着させた。

そして抜けないようグッと押し付けながら、そろそろと両脚を伸ばして身を重ねていった。

「ああ……」

彼女も熱く喘ぎ、下から両手でしがみつき、キュッときつく締め付けてきた。

平夫も彼女の肩に腕を回し、肌の前面をくっつけた。胸の下では柔らかなオッパイが押し潰れて弾み、恥毛が擦れ合い、コリコリする恥骨の膨らみまで伝わってきた。

じっとしていても息づくような収縮がペニスを刺激して、彼はジワジワと高まっていった。

やはり口内発射で飲んでもらうのも夢のように嬉しかったが、こうして一つになることが最高なのだと実感したものだった。

「痛くない？」

「ええ、大丈夫……」

気遣って囁くと、宇津美が健気に薄目で彼を熱っぽく見上げて答えた。

平夫は上からピッタリと唇を重ね、美少女の感触を味わいながら舌を挿し入れていった。

彼女もチュッと吸い付き、チロチロとからみつけてくれた。

やがて彼が快感に任せ、様子を探るように徐々に腰を突き動かしはじめると、

「ンンッ……」

宇津美が呻き、やがて口を離して顔を仰け反らせた。

口から洩れる息は昨夜と同じく、甘酸っぱく可愛らしい匂いを含んで彼の鼻腔を悩ましく刺激してきた。

平夫は美少女の口の匂いに酔いしれながら、ヌメリに任せて次第にリズミカルに腰を動かしていった。いったん動くと、あまりの快感に止まらなくなってしまったのだ。

宇津美も、次第に痛みが麻痺したように身を投げ出し、息を弾ませてされるままになっていた。蜜が多いのですぐにも動きは滑らかになり、クチュクチュと湿った摩擦音も聞こえてきた。

「ああ……、気持ちいい、いきそう……」

平夫は口走り、何度も上から唇を重ねて舌をからめ、美少女の吐息と唾液に高まっていった。

「ね、猿田君じゃなく、これから平夫君て呼んで」

「ええ、いいわ、平夫君……」

宇津美が答えると、もう堪らずに彼は股間をぶつけるほどに激しく腰を突き動かしてしまい、そのまま昇り詰めてしまった。

「く……！」

突き上がる大きな絶頂の快感に呻き、彼はありったけの熱いザーメンをドクンドクンと勢いよく柔肉の奥にほとばしらせた。

「アア……、熱いわ……」

深い部分を直撃する噴出を感じたように、宇津美も喘いでキュッと締め付けてきた。

もちろん初回では快感には程遠いかも知れないが、やっと男と一つになって初体験したという充実感はあるだろう。そして彼が果て、嵐が過ぎ去ったことに多少なりとも安心したようだった。

平夫は心ゆくまで快感を噛み締め、最後の一滴まで出し尽くしていった。

そして、すっかり満足しながら徐々に動きを弱め、遠慮なく美少女に体重を預けていった。

宇津美も肌の硬直を解き、グッタリと力を抜いていった。

まだ膣内は、異物を探るような収縮が続き、射精直後のペニスが刺激され、何度か内部でピクンと跳ね上がった。

彼は呼吸を整え、宇津美の喘ぐ口に鼻を押しつけ、甘酸っぱい息を胸いっぱいに嗅ぎながら、うっとりと快感の余韻を味わった。

ようやく身を起こし、そろそろと股間を引き離し、枕元にあったティッシュを手にした。

手早くペニスを拭い、腹這いになって割れ目に迫った。痛々しくめくれた陰唇を指で広げると、処女を失ったばかりの膣口からザーメンが僅かに逆流し、うっすらと混じる血の赤さが認められた。

ティッシュを優しく押し当ててヌメリを拭い取ると、

「あ……」

宇津美が小さく喘ぎ、ビクリと内腿を震わせた。

もう一回したいほどだが、さすがに今日はもう無理だろう。処理を終えると平夫は布団を掛けてやり、浴衣を羽織って帯を締めた。

「大丈夫？」

「ええ、今夜のこと、一生忘れないわ……」

言うと、宇津美が横になったまま答えた。

「うん、僕もだよ。もちろん今夜だけじゃなく、これから恋人同士の仲が始まったんだからね。じゃ戻るね。また明日」

「ええ、自分の部屋に戻れる？」

「ああ、大丈夫だと思うよ」

彼は答え、もう一度だけ宇津美の口に軽くキスしてから、平夫は彼女の部屋を出た。

暗い廊下に戻り、あちこちに灯りはあるが何度か曲がりくねるうち、どうやら平夫は完全に迷ってしまった。

戻ろうにも、もう宇津美の部屋すら分からない。

左右は襖がピッタリ閉められ、細く開けても、どこも暗いだけだった。

それでも歩き回るうち、向こうの方から何か音が聞こえてきた。それは、微かな鈴の音である。

まだ時間は遅くなく、せいぜい九時過ぎだろう。誰か起きているなら訊こうと思い、平夫はそちらに向かっていったのだった。

第二章　バッカルコーン

1

（あれ、ここはひょっとしてひきこもりの人の……？）

渡り廊下のような橋を渡って虫の声と夜風を感じ、平夫が離れに行くと戸の隙間から灯りが洩れていた。

中からは、確かに鈴の音がシャラシャラと聞こえている。

気味が悪いので引き返そうかと思ったが、戻っても広い屋敷の中でまた迷うだけだ。

それに何やら、彼は惹かれるものを感じて木の引き戸を開けた。

戸は滑らかに開き、中に入ってみると、生ぬるくて毒々しいほどに甘ったるい匂いが立ち籠めていたのだ。それは悪臭に近いが嫌ではなく、なぜか胸の奥を官能的に揺さぶってきたのだった。

離れの中は灯りが点き、何と一面に太い木の格子が組まれていたのである。

（ざ、座敷牢……？）

平夫は驚き、格子の中を覗き込むと、ちゃんと天井には蛍光灯があり、布団が敷かれ、文机と祭壇が祀られていた。

その前に座っているのは、腰まで届くかという長い黒髪をした、白い衣に朱色の袴の巫女ではないか。

鈴は柄の先に三本の枝があり、小鈴が十五個、つまり七五三ついている巫女鈴《みこすず》もしくは神楽鈴《かぐらすず》と呼ばれるものだ。

「誰！」

鈴を鳴らして祈りを捧げていた巫女が、平夫に気づいてサッと振り向いて言った。その白い顔の、ぞっとするほど美しいこと！

「あ、僕は今日からお邪魔している、宇津美ちゃんと同じ大学のものです」

「そこから入って」

平夫が言うと、彼女は答えた。

「え……？　あ、開くんですか……」

見ると座敷牢の戸に錠はかかっておらず、難なく開けて入ることが出来た。

どうやら彼女は閉じ込められているのではなく、ここを私室として選び、自由に出入りしているようだった。

もっとも古い屋敷にこうした座敷牢があるということは、昔は入れられていた人がいたということだろう。

中に入ると、そこは畳敷き。部屋の隅には蓋付きの穴があるので、そこがトイレかも知れない。そして室内には、あまりに濃厚な女の体臭が噎せ返るほどに充満していた。

「名は？　私はこう」

彼女が巫女鈴を置き、文机の半紙に毛筆でサラサラと名を書いてみせた。

見ると、『栗尾寧々子』とあるから、彼女がひきこもっているという三十五歳の寧々子に間違いなかった。

「何だか、流氷の天使のようですね。僕の名はこれです」

平夫も筆を渡され、彼女の名の隣に『猿田平夫』と書いた。

「猿田ひらふ？」

「いえ、ひらおです。平凡じゃなく、平和を愛するという意味で親が」

「面白い。名は、偶然つけたにしろ深い意味合いを持つ」

寧々子が言った。化粧などしていないだろうに切れ長の目が妖しく、頬は白く唇はヌメヌメと濡れて赤かった。

「どう面白いのですか？」

「生まれは？」

「伊勢ですが」

「ならばなおさら。うちの天野宇津美は、アメノウヅメ。天孫降臨のおり、迎えに来た国津神《くにつかみ》のサルタヒコと、伊勢の五十鈴川《いすずがわ》で夫婦になった」

「はあ、猿田彦《さるたひこ》神社は近いので、何となく思ってましたが、そうか、ツミちゃんはウヅメか……」

道理で、幼い頃からオカメとかお多福とか渾名《あだな》されていたというが、猿田彦は鼻の長い天狗の祖先、すなわちペニスを象徴し、オカメのふっくらした頬と小さな口は女性器を表すと言われる。

まさに、似合いの男女なのである。それで五十鈴も、二人をすんなり認めてくれたのかも知れない。

「その猿田彦は、海でヒラフ貝に腕を挟まれ、引き込まれて溺死」

「なるほど、それで僕の名をヒラフと呼んだのですか……」

話をしながら平夫は寧々子の妖しい美貌と濃厚な匂いに、さっき宇津美とした
ばかりなのに股間が熱くなってきてしまった。

「それより、寧々子さんの方の話を伺いたいです。なぜ天野家に居候を」

彼は、寧々子の素性にも興味を持って訊いた。

「居候ではない。本来はうちが本家でこの屋敷の持ち主。ただ、死に絶えたので、
栗尾は私一人」

「そうでしたか……」

「ときに、五稜郭へは行ったか」

寧々子が訊く。颯爽と歯切れ良い男言葉が格好良かった。

「いえ、まだです。近々行こうかと」

「なぜ榎本軍は、あんな城を作ったと思う？　城壁も天守もなく、砲弾を撃ち込
まれやすい平坦な作りを」

「それは、新たな独立国として西洋に倣《なら》ったからでしょうね」

「違う。五芒星《ごぼうせい》は魔除け。のちに日本陸軍のマークにもなる」

「はあ……」

「それだけではない。あれは宇宙船からの目印で、着陸するため」

「ええっ……？」

あまりに突拍子もない話に、平夫は興奮も忘れて目を丸くした。

「榎本武揚は、宇宙からの意思を感じ、巨大な円盤が味方に来てくれると信じて抵抗を続け発着場所である五稜郭を作った」

「宇宙からの意思……？」

「そう、当家へ滞在したとき、これを見て気づいたという」

寧々子は言い、祭壇に置かれていた白木の短刀を手にし、スラリと抜き放って彼に渡した。刃渡りは二十センチばかり、刃紋は真っ直ぐの直刃で青白く鈍い光を放っていた。しかし刃にそっと触れても、彼は何も感じなかった。

「これは……？」

「当家に伝わる流星刀《りゅうせいとう》」

「流星刀……」

「すなわち、飛来してきた隕石の鉄で精製した刀。彼はこれを手にしたとき宇宙の意思を感じ取り、徹底抗戦と城の建設を決意。まあ、結局宇宙船が来ることはなく彼は降伏、晩年独自のルートで別の流星刀を手に入れ、果たせなかった夢を思い感傷に浸ったと言われる」

平夫も、榎本武揚と流星刀の話は何かで読んだことがある気がした。

恭《うやうや》しく短刀を返すと、受け取った寧々子は鞘に納めて置いた。

「鞘と刀は陰と陽。すなわち男女和合の象徴」

「はあ、確かに元の鞘に納まるとか、反りが合わないとか言いますね」

「だから当家の女たちは、流星刀の神秘の気を宿しているから淫気が強く、婿が来ると女たちが共有して早死にするため女ばかり。秋枝の亭主も海外へ逃げてしまった」

寧々子が言う。

「きょ、共有って……」

「そう、宇津美だけは生娘だったが、この屋敷での初体験を望んだはず」

「……」

「この屋敷は、上から見ると五角形」

「ご、五稜郭と同じ魔除けのマーク……」

「そう、この屋敷は結界が張られ、神の加護を得ている。だから新政府軍も、ここだけは踏み込めなかった。宇津美が、守られたこの場所で交わりたかったのは当然のこと」

してみると、他の女性たちとも平夫は関係が持てるのだろうか。早死には御免だが、誰も美女ばかりなので淫気と興奮が湧いた。

するると、寧々子が話を打ち切るように立ち上がり、袴の前紐を解きはじめたではないか。

「さあ脱いで。私としたいでしょう」

「し、したいけれども……」

「もう一つ。天野家の女は普通だが、栗尾家はよその星の血を引いている。それを確かめてほしい」

「い、異星人の血を……？」

平夫は混乱してきた。まるで三題噺《さんだいばなし》のように、幕末の話から日本神話、さらにはUFOの話題にまで移っているのである。

そうしている間にも寧々子は白い衣まで脱ぎ去り、たちまち一糸まとわぬ姿になった。

艶のある長い黒髪が白い肌にかかり、やや上向き加減のオッパイやキュッとくびれたウエスト、丸みを帯びた腰にスラリと長い脚。計算し尽くされたような、完璧なプロポーションではないか。

平夫は激しく勃起し、もう何も考えられなくなって、操られるように帯を解いて浴衣を脱ぎ去っていったのだった。

すると寧々子が彼の手を握って引き寄せ、布団に横たえた。

敷き布団と枕には、超美女の濃厚な体臭が甘ったるく沁み付き、ペニスはピンピンに突き立っていた。

その強ばりに、寧々子が屈み込んでサラリと黒髪で股間を覆った。

2

「宇津美の淫水と血の匂い……」

先端に鼻を寄せた寧々子が言い、髪で覆った内部に熱い息を籠もらせた。

そして、まだペニスには触れず、平夫の両脚を浮かせて尻の谷間に唇を押し付けてきたのだ。

「ああッ……！」

熱い鼻息が陰嚢をくすぐり、チロチロと舌先が肛門に這い回って彼は妖しい快感に喘いだ。

やがて充分に唾液に濡れると、寧々子の舌がヌルッと肛門から侵入してきた。

「あう……」

あまりに長い舌が奥まで潜り込み、まるで平夫は美女の舌に犯される思いで呻き、キュッと締め付けた。もちろん舌は滑らかで伸縮するから痛くはないが、こんな奥まで刺激されるのは初めての感覚だった。

しかも、奥深い部分で舌先がいくつもの触手に分かれ、それぞれが妖しく蠢くような感触があったのだ。

（バ……、バッカルコーン……？）

平夫は、ふと思った。

クリオネが餌を補食するとき頭部が割れ、バッカルコーンと呼ばれる触手がからみつくということだが、まさか、これが寧々子の血に混じる異星人の特徴なのではないか。

とにかく彼は直腸内部を掻き回され、ペニスは内側から刺激されながらヒクヒクと上下し、尿道口からは粘液が滲みはじめた。

「ああ……、ど、どうか、もう……」

違和感に腰をくねらせ、平夫は降参するように言った。

すると、ようやく寧々子がゆっくりと舌を引き抜いて、彼の脚を下ろしてくれた。そして、そのまま陰嚢を舐め回し、睾丸《こうがん》を転がして生温かな唾液で袋全体を濡らすと、舌先が肉棒の裏側を舐め上げてきた。

恐る恐る見ると舌はごく普通で、寧々子は先端にしゃぶり付き、尿道口から滲む粘液を舐め取ってから、スッポリと呑み込んでいった。

「アア……！」

根元まで含まれ、平夫は激しい快感に喘いだ。

寧々子は喉の奥まで深々と頬張り、白い頬をすぼめて吸い付き、熱い鼻息で恥毛をそよがせながら、口の中ではクチュクチュと長い舌を滑らかにからみつかせてきた。

たちまちペニス全体は超美女の生温かな唾液に浸り、絶頂を迫らせてヒクヒクと震えた。彼女も容赦なく唇を締め付けて舌を蠢かせ、スポスポと強烈な摩擦も開始した。

「い、いきそう……」

降参するように声を絞り出すと、辛うじて絶頂寸前で寧々子がスポンと口を引き離してくれた。

そのまま添い寝し、彼に腕枕して胸に抱き寄せてきたので、平夫も呼吸を整えて形良いオッパイに迫った。手を這わせると、心地よい弾力が伝わり、甘ったるい体臭が揺らめいた。

指で乳首をいじりながら、まずは腋の下に鼻を埋め込むと、何とそこには柔らかな腋毛が色っぽく煙り、濃厚に甘く毒々しい汗の匂いが沁み付いていた。

いったい最後の入浴はいつなのだろう。肌は白く滑らかだが、四六時中この座敷牢に籠もってばかりいるのかも知れない。

平夫は美女の濃い体臭で胸をいっぱいに満たしてから、顔を移動させて意外に初々しいピンクの乳首にチュッと吸い付いた。

「アア……」

寧々子も仰向けの受け身体勢になり、ビクッと顔を仰け反らせて喘いだ。

顔中を膨らみに押し付けると、まるで空気パンパンのゴムまりのような弾力が感じられた。

平夫はもう片方の乳首も含んで舐め回してから、やがてスベスベの肌を舐め降りていった。宇津美の処女を頂いた同じ晩に、同じ屋敷の中で別の美女を抱くというのは後ろめたい快感があった。

引き締まった腹部に舌を這わせ、形良い臍を探り、腰から太腿へ降りた。

チラと見ると、股間の茂みも情熱的に濃く、早く舐めたい気持ちを抑えて脚から賞味した。

膝小僧から脛へ降りると、そこにも体毛があって魅惑的だった。

恐らく彼女は昭和のままの、いや、それ以前からの生活習慣のままで、美容的なケアなどは一切しておらず、何やら彼は幕末の美女でも相手にしているような気がしたものだ。

美女の脛毛に頬ずりして舌を這わせ、足首まで行くと足裏に移動し、踵から土踏まずを舐め、形良い指の間に鼻を押しつけて嗅ぐと、そこも実にムレムレの匂いが濃厚に沁み付いていた。

舌を割り込ませ、汗と脂に湿り気を味わい、全て舐め尽くすともう片方の足裏も舐め、指の股の味と匂いも心ゆくまで貪った。

そしていよいよ脚の内側を舐め上げ、両膝の間に顔を進めていった。

白くムッチリした内腿を舐め上げて股間に近づくだけで、濃厚なフェロモンを含む熱気と湿り気が顔を包み込んできた。

見ると、割れ目からはみ出す陰唇がネットリとした蜜にまみれていた。

指で広げると、襞の入り組む膣口には白っぽい粘液もまつわりつき、何と大きなクリトリスが光沢を放って突き立っていた。

それは親指の第一関節ほどもあり、亀頭の形をして幼児のペニスのように勃起しているではないか。

栗尾寧々子とはクリオネではなく、クリトリスの大きなお姉さんの意味かと思ったほどだ。

平夫は彼女の股間に顔を埋め込み、密集した茂みに鼻を擦りつけて嗅いだ。

甘ったるい汗の匂いが濃厚に鼻腔を刺激し、それに残尿臭と大量の愛液の生臭い成分も入り交じり、妖しく胸に沁み込んできた。

彼は酔いしれながら舌を這わせ、淡い酸味のヌメリを掬い取りながら膣口の襞を掻き回し、大きなクリトリスまで舐め上げていった。

舌先で突起をチロチロと舐めてから含んで吸うと、それは乳首より大きな量感を持ち、彼はフェラチオするように貪った。

「アア……、いい気持ち……」

寧々子も身を弓なりに反らせて喘ぎ、内腿でキュッときつく彼の両頬を挟み付けてきた。

特に濃い匂い以外は性器の作りも味わいも反応も、ごく普通の人間に思える。

別に割れ目がさらに広がってバッカルコーンが彼を捕捉して引き込むようなこともなく、彼は興奮しながらクリトリスを吸った。

さらに自分がされたように彼女の両脚を浮かせ、逆ハート型の豊満な尻の谷間に迫った。

谷間の蕾は綺麗に襞を揃えてキュッと閉じられ、それでも鼻を埋め込んで嗅ぐと生々しい匂いが濃く籠もっていた。

汗の匂いに混じり、ビネガー臭に似た匂いが鼻腔を刺激し、それが興奮となり激しくペニスに伝わっていった。

充分に嗅いでから舌先でチロチロと襞を舐めて濡らし、ヌルッと潜り込ませて粘膜を味わうと、ほのかに甘苦いような味わいが感じられた。

「く……」

寧々子が呻き、モグモグと肛門で舌先を締め付けてきた。

平夫は舌を出し入れさせ、やがて美女の前も後ろも味わうと、ようやく股間から離れて添い寝した。

「入れるわ……」

寧々子が言い、平夫を仰向けにさせて身を起こし、屹立したペニスに跨がってきた。

幹に指を添えて先端に割れ目を押し付け、位置を定めてゆっくり腰を沈み込ませると、ペニスは肉襞の摩擦を受けながらヌルヌルッと滑らかに根元まで吸い込まれていった。

「アアッ……、いい、奥まで届く……」

寧々子が完全に股間を密着させて座り込み、顔を仰け反らせて喘いだ。

平夫も熱いほどの温もりときつい締め付けに包まれ、人生二人目の美女と一つになった悦びを噛み締めた。

彼女は若いペニスを味わうようにキュッキュッと締め付け、グリグリと股間を擦りつけてから身を重ねてきた。そして彼の肩に腕を回し、肌の前面を密着させてシッカリと押さえつけた。

「もう逃がさないわ……」

近々と顔を寄せ、凄みのある美女が熱く囁いた。

弾力あるオッパイが胸に押しつけられ、恥毛が擦れ合い、コリコリする恥骨の膨らみも伝わってきた。

動かなくても、息づくような収縮が実に心地よく、平夫は懸命に肛門を引き締めて暴発を堪え、少しでもこの快感を長く味わおうと思った。

そして、エイリアンとの混血かも知れない妖しい美女に組み伏せられ、もうどうされても構わないような気になってしまった。

すると、寧々子が上からピッタリと唇を重ね合わせてきた。

3

「ンン……」

寧々子が熱く鼻を鳴らし、長い舌を平夫の口に潜り込ませ、クチュクチュと口の中を舐め回した。

彼も舌をからめ、両手を回してしがみついた。

寧々子の長い舌は滑らかに蠢き、生温かくトロリとした唾液にたっぷり濡れていた。

しかも下向きだから、トロトロと新たな唾液が溢れて平夫の口に注がれ、彼は小泡の多い粘液を味わい、うっとりと喉を潤した。

やがて寧々子が、緩やかに腰を動かしはじめ、彼も合わせて股間を突き上げはじめていった。

「ああ……、いいわ……」

寧々子が口を離し、淫らに唾液の糸を引きながら喘いだ。

開いた口に鼻を押しつけて嗅ぐと、甘酸っぱい息の匂いが濃厚に鼻腔を刺激してきた。

それは宇津美の何倍の濃度だろう。焼きリンゴのような果実臭に、鼻腔に引っかかる刺激が混じり、まさに欲情している牝獣の匂いであった。

そのまま鼻を擦りつけると、寧々子も次第に腰の動きを激しくさせながら舌を這わせ、ヌラヌラと鼻の穴を舐め回してくれた。

息の匂いに唾液の香りが混じり、胸が悩ましく甘美な悦びに満たされた。

腰を突き上げ続けると、完全に互いの動きがリズミカルに一致し、溢れた愛液が二人の股間をビショビショにさせた。

クチュクチュと湿った摩擦音が響き、溢れた蜜が彼の陰嚢から肛門の方にまで伝い流れ、下の布団に沁み込んでいった。

さらに顔中を擦りつけると、寧々子は厭わず舐め回してくれた。

「ああ、いきそう……」

平夫は顔じゅう美女の唾液にヌラヌラと生温かくまみれ、悩ましい匂いに包まれながら喘いだ。

「まだダメ……」

すると寧々子が言い、膣内の収縮を活発にさせていった。

その瞬間、無数の触手が伸びて彼のペニスから股間全体にまでからみついた気がした。

（バ、バッカルコーン……！）

平夫は下半身全体が粘膜に包まれたようだったが、彼女が重なっているので見ることが出来ない。

とうとうエイリアンの本領発揮というところだろうか。

さらに彼の顔中を舐めている舌がもっと長くなり、いくつもに枝分かれして顔中を包み込んできたような気がしたのだ。これも目まで覆われてしまったので、どうなっているのかよく分からない。

いつしか平夫は全身が繭のような粘膜に覆われ、なおもペニスを突き上げながら、ひとたまりもなく昇り詰めてしまったのだった。

「い、いく……！」

大きな絶頂の快感に全身を包み込まれながら口走り、彼はありったけの熱いザーメンをドクドクと勢いよくほとばしらせた。

「アア、気持ちいい、いく……！」

すると噴出を感じた寧々子もオルガスムスのスイッチが入ったように喘ぎ、ガクンガクンと狂おしい痙攣を開始したのだった。

平夫は、魂まで吸い取られるように、いや、巨大なクリオネに補食されているような快感に満たされ、心置きなく最後の一滴まで出し尽くしていった。

すっかり満足してグッタリと力を抜くと、寧々子はごく普通の女上位の姿に戻っていた。

そして彼女も満足げに肌の強ばりを解き、平夫に遠慮なく体重を預け、耳元で荒い呼吸を繰り返していた。

まだ膣内は名残惜しげな収縮を繰り返し、刺激されたペニスが過敏にヒクヒクと中で跳ね上がった。

「あう……、もう充分よ……」

中の天井を刺激され、彼女も感じすぎるように言ってキュッと締め上げた。

平夫は超美女の重みと温もりを受け止め、熱く湿り気ある濃い息の匂いを嗅ぎながら、うっとりと快感の余韻を噛み締めたのだった。

すると何やら、彼の頭の中に様々なものが流れ込んできたのである。

遙か昔、この地に流れ星が落下。栗尾家の先祖は刀鍛冶だったため、その流星の隕鉄で短刀を生成した。

そのとき、隕石に付着していたらしいエイリアンの成分が先祖に沁み込み、能力が遺伝していった。

能力は、特に女に顕著に表れ、この世のものとは思えぬ美貌と、男をからみ取るような触手の伸縮。さらには運動能力の向上などが見られた。

そして流星刀に含まれた異星の記憶に感応した者のみ、遙か遠い星の意思を感じることが出来るのだった。

「そうだったのか……」

彼は呼吸を整えながら呟いた。

「そう、さっき流星刀の刃に触れたから、感応し合ったのね。平夫は流星刀に選ばれたのだわ」

寧々子が言い、そろそろと股間を引き離してゴロリと添い寝した。

拭かなくても全て彼女の割れ目がヌメリを吸収してしまったように、ペニスももう濡れていなかった。

「今後は精力絶倫で、全ての運動能力もオリンピック選手並みになるわ。つまりいくらセックスしても早死にするようなことはなくなったわけよ」

そういえば、全身に言いようのない力が漲ってくるような気がした。

してみると、五十鈴の亡夫や秋枝の亭主などは流星刀に選ばれることなく、感応し合わずに早死にしたり海外へ逃げたりしたのだろう。

「今後、僕はどうなるの。ここへ婿養子に？」

「そんなことは自由。宇津美と一緒になろうとも、他の女を選ぼうとも、思い通りに生きればいいだけ。あとは榎本武揚のように、ふとした拍子に宇宙の意思を感じ、生き様や行動が決まるでしょう」

「でも、宇宙船は幕府軍を助けに来なかった……」

「ええ、それもまた宇宙の意思。あるいは、援軍自体が榎本の思い込みに過ぎなかったのかも」

寧々子が言う。

「とにかく、久々に流星刀に感応した男が現れたので嬉しいわ」

彼女は言って起き上がり、白い衣と朱色の袴を着けた。どうやら一回きりで満足したようだ。

平夫も身を起こし、全裸の上から浴衣を羽織って帯を締めた。

「今の話、天野家の人たちもみな知っているの?」

「知っているのは五十鈴さんだけ。あとの娘たちは思い思いに自由に生きているだけよ」

「そう……、じゃ戻ります。あ、帰り道を教えて下さい」

平夫は立ち上がって言った。

「もう分かっているはずよ。流星刀の力で、私の意思も全て読み取っているはずだから」

言われて、そういえば迷わず戻れるような気がした。

平夫は寧々子と、祭壇の方にも一礼して座敷牢を出た。

そして渡り廊下を通って離れから母屋に戻り、暗い廊下を迷わずに曲がりくねっていった。

（この奥が五十鈴さんの寝室、こっちが宇津美の部屋。そしてあっちに、秋枝さんと、まだ会っていない冬美さんの部屋か……）

平夫は屋敷内の構造を把握して思いながら、やがて与えられた客間に戻ることが出来たのだった。

そして布団に横になり、宇津美と寧々子の感触を思い出しながら、すぐにも深い睡《ねむ》りに落ちていったのである……。

4

（静かだな……。散歩するような場所もなさそうだし……）

翌日、朝食を終えると平夫は庭に出て、周囲の山々を見回して思った。

宇津美は同窓生たちに会いに出かけ、五十鈴も、赤ん坊を連れた秋枝と一緒に車で買い物に行ってしまった。

残るは座敷牢の寧々子だけだから、退屈したら彼女の部屋へ行ってみようと思った。

しかし庭を一回りしたところで、足音が聞こえて振り返った。

見ると、紺の稽古着に袴を着けた美女が駆け足で門から入ってきたのである。

長い黒髪を束ねて後ろに垂らし、まさに女武芸者の雰囲気だった。

これが秋枝の妹、宇津美の従姉の冬美だった。

昨夜は大学剣道部の合宿所に泊まり、今朝はそのまま鍛錬のため走って帰ってきたようだ。

素足にスニーカー、竹刀袋を斜めに背負い、さらに上から着替えの入ったリュックを背負っていた。

息を切らして歩を停め、冬美はジロリと平夫を睨んだ。

五十鈴と宇津美母娘は、神話から抜け出たような和風の天女ふうで、秋枝はごく普通の美人妻、寧々子は妖怪の女王ふうだが、この冬美は、また雰囲気が他の女性と異なっていた。

単なる体育会系女子というよりも、自分が土方歳三の子孫と信じ込んでいる、まさに武士道に生きている凄みのある美女だった。

濃い眉と目が吊り上がり、形良く鼻筋が通って意志の強そうな唇が引き締まっていた。

「おはようございます。僕は昨日からお邪魔している猿田平夫です」

「聞いている。宇津美の彼氏か」

言うと、冬美は息を弾ませてリュックを降ろした。

「流星刀には触れたか」

「え、ええ……」

どうやらここへ来た男は、みな寧々子に会って流星刀を見せられるらしい。

「ならば試したい」

冬美は言って、竹刀袋から二本の竹刀を出し、鍔《つば》も付けずに一本を投げ渡してきた。

平夫が受け取ると、彼女は自分の獲物を構え、切っ先を彼に向けて間合いを詰めてきた。平夫は剣道など経験したことはないが、同じように構えて冬美に対峙した。

「う……」

打ち込もうとした彼女が息を詰め、硬直した。

そして何度か攻撃しようとしたが、どうにも踏み込めないらしく、平夫も全く恐くなく、どのように攻撃されようとも避ける自信があったのだ。

どうやら寧々子が言ったことは本当で、平夫は流星刀の力を貰い、抜群の運動神経が備わってしまったようだった。

と、冬美が構えを解いた。

「流星刀に選ばれた男か。ならば敵わない」

彼女は言って、平夫から竹刀を受け取って二本とも袋に戻した。

「選ばれた男に会うのは初めて。来て」

冬美はリュックを持って言い、先に屋敷に入っていった。彼も従い、やがて廊下を曲がりくねり、彼女は自分の部屋に平夫を招き入れた。

そこは八畳の和室で布団が敷かれ、あとは机と、夥《おびただ》しい書物が置かれていた。

体育会系にしては読書家のようで、大部分が歴史書であった。

平夫は今朝目覚めてから、自分の五感も研ぎ澄まされていることを自覚し、今まで以上に室内に籠もる匂いや冬美から発する体臭をはっきり感じ取ることが出来、股間が熱くなってきてしまった。

「どれぐらい走ってきたのです？」

「二時間弱」

「そうですか」

平夫が感心して言うと、冬美は汗に湿った袴と稽古着を脱ぎ去り、たちまち全裸になってしまった。肩と二の腕が逞しく、オッパイは小さめだが張りがあり、腹筋も段々になって、太腿も実に引き締まっていた。

「さあ、早く脱いで」

「え、ええ……」

もう言葉など要らないようで、平夫も頷くと手早く服を脱ぎ去った。

恐らく冬美は、今までも義理の叔父である五十鈴の亡夫や、義兄である秋枝の亭主、その他の男とも奔放にセックスしてきたのだろう。

布団に仰向けに寝ると、やはり枕には冬美の甘ったるい匂いが濃厚に沁み付いていた。

「何をしてほしい」

一糸まとわぬ姿で彼を見下ろし、冬美が言った。寧々子のような颯爽《さっそう》たる男言葉で、あくまで年上の体験者として、何がしたいのか、ではなく、何がされたいのかと訊いてきたのだ。

「顔に足を乗せて……」

平夫は、激しく勃起しながら言った。

大学剣道部ナンバーワンの腕前を持つ冬美さえ、構えただけで負けを認めたパワーを持っていても、やはり平夫は生来フェチックな受け身タイプで、するよりもされる方が好きなのである。

だから冬美の言葉も、まさに彼の性癖を見抜いたようなものだった。

「こうか……」

彼女はためらいなく仰向けの平夫の顔の横に立ち、壁に手を突いて身体を支えながら片方の足を浮かせ、そっと顔に乗せてきてくれた。

朝練を終え、家まで走って帰ってきただけあり、冬美の足裏は全体がジットリと汗と脂に生ぬるく湿っていた。

彼は構わず舌を這わせ、太く逞しい指の股に鼻を押しつけて嗅ぐと、ムレムレの匂いが濃厚に沁み付き、鼻腔を悩ましく刺激した。

平夫は濃い足の匂いに酔いしれながら爪先にしゃぶり付き、全ての指の股に舌を割り込ませて味わい、足を交代してもらった。

冬美は息を詰めているが、声は洩らさず、たまにキュッと指先で舌を挟み付けてくるだけだった。年下の、セックスも未熟そうな男の愛撫に声など洩らすかといった感じである。

そちらの足も味と匂いが薄れるほど貪ると、平夫は彼女の足首を摑んで顔を跨がせた。

すると冬美は、自分から和式トイレスタイルでしゃがみ込んでくれたのだ。

長く逞しい脚がM字になり、引き締まった太腿と脹ら脛が、さらに量感を増してムッチリと張り詰め、股間が彼の鼻先に迫った。

茂みは楚々として、割れ目からはみ出す陰唇が開いて、すでにヌメヌメと潤いはじめた柔肉と、寧々子ほどではないが大きめのクリトリスがツンと突き立って覗いていた。

指で開いて膣口まで観察しようと思ったら、冬美の方からギュッと彼の顔に股間を押しつけてきたのだ。

「舐めて、いっぱい……」

彼女が言い、柔らかな恥毛を平夫の鼻に擦りつけてきた。

茂みの隅々には、甘ったるい汗の匂いが濃厚に沁み付き、それに残尿臭も混じって鼻腔を刺激してきた。

平夫は濃い匂いに興奮を高めながら胸を満たし、真下から割れ目に舌を這わせていった。

陰唇の表面は、汗かオシッコか判然としない味わいがあったが、中に潜り込ませるとヌルリとした淡い酸味の愛液が満ちていた。彼は濃い匂いに噎せ返りながら夢中で膣口を探り、クリトリスまで舐め上げていった。

「アアッ……！」

ようやくクールだった冬美が熱い喘ぎ声を洩らし、さらにギュッと割れ目を押し付けてきた。

大きめのクリトリスを舌先で弾くように舐め、生ぬるくトロトロと溢れる愛液をすすってから、平夫は尻の真下に潜り込んでいった。

顔中に白く丸い尻を受け止め、谷間の可憐な蕾に鼻を埋めて嗅ぐと、やはり汗の匂いに混じり秘めやかな微香も籠もって、妖しく鼻腔を刺激してきた。

あまり入浴などしないらしい寧々子ともまた違い、実にワイルドで健康的なナマの匂いだった。

彼は何度も深呼吸して嗅いでから、舌先でチロチロと蕾の襞を舐めて濡らし、ヌルッと潜り込ませて粘膜を探った。

「く……」

冬美は呻き、まるで味わうようにモグモグと肛門で舌先を締め付けた。

平夫が舌を出し入れさせていると、割れ目からヌラヌラ滴る愛液が鼻先を濡らしてきた。彼は舌を移動させ、再び割れ目のヌメリをすすり、クリトリスを舐め回した。

「吸って、強く……」

冬美が息を詰めて言い、自ら指先で包皮を剝き、クリッと完全に突起を露出させた。まるで姉が弟のために、皮を剝いて美味しい果肉を食べさせてくれるかのようだ。

小指の先ほどの大きさをしたツヤツヤと光沢あるクリトリスを強く吸うと、

「アア……、いい気持ら……」

冬美が喘ぎ、快感の高まりとともに、次第に声も言葉も女らしくなっていくようだった。

「嚙んで……」

さらに冬美が言うので、そっと前歯で挟み、小刻みに刺激してやると、

「ああ……、いい、もっと……」

彼女は激しく喘いで両膝を突き、舐め取るというより飲み込めるほど大量の蜜をトロトロと漏らしてきた。

すでに小さなオルガスムスの波を感じ取っているのか、引き締まった白い下腹がヒクヒクと波打ち、冬美はグリグリと股間を擦りつけ、彼の顔中を愛液でヌルヌルにまみれさせた。

やがて気が済んだか、冬美は自分から股間を引き離し、仰向けの彼の上を移動して屹立したペニスに顔を寄せてきた。

束ねた長い髪が片方の肩からサラリと流れて内腿をくすぐり、彼女は粘液の滲む尿道口をヌラヌラと舐めてから、熱い息を弾ませてスッポリと根元まで呑み込んでいった。

5

「ああ……、気持ちいい……」

今度は平夫が喘ぐ番だった。冬美は深々と含み、上気した頬をすぼめながら強く吸い付いた。

「ちょ、ちょっと、もう少し優しくお願いします……」

思わず腰を浮かせて平夫が言うと、冬美もいったんチュパッと口を引き離し、陰嚢にしゃぶり付いてくれた。そして睾丸を転がし、さらに彼の両脚を浮かせて肛門を舐め、ヌルッと潜り込ませた。

「く……！」

寧々子ほどの長さはないが、平夫は冬美の舌を肛門でキュッと締め付けながら快感に呻いた。

冬美も厭わず内部でクネクネと舌を蠢かせてから脚を下ろし、再びペニスを舐め上げ、張りつめた亀頭をしゃぶってくれた。

「い、いきそう……」

吸引と舌の蠢きに翻弄され、平夫は激しく高まりながら口走った。

すると冬美はスポンと口を離して身を起こし、前進してペニスに跨がってきたのだ。

先端に割れ目を押し当て、息を詰めて一気にヌルヌルッと膣口に受け入れていった。たちまち屹立したペニスは、肉襞の摩擦とヌメリを受けながら根元まで嵌まり込んだ。

「アア……、いい……」

冬美が顔を仰け反らせて喘ぎ、キュッときつく締め付けてきた。

そしてすぐに身を重ねて胸を突き出し、彼の口に乳首を押し付けてきたのだ。

平夫も含んで吸い付き、顔じゅうに柔らかな膨らみを受け止めながら懸命に舌で転がした。

左右の乳首を順々に味わうと、膨らみがそれほど豊かでないぶん感度は良好なようで、膣内の収縮がたちまち活発になっていった。

さらに冬美の腋の下に鼻を押しつけると、スベスベのそこはジットリと汗に湿り、濃厚に甘ったるい匂いが籠もっていた。

嗅ぐたびに甘美な興奮が胸いっぱいに広がり、内部でヒクヒクと幹を上下させると、冬美も徐々に腰を動かしはじめた。

そして上からピッタリと唇を重ね、ヌルッと舌を侵入させてきた。

「ンン……」

冬美は熱く鼻を鳴らして執拗に舌をからめ、平夫も滴る唾液をすすって喉を潤した。

「お前、可愛い……」

唇を離すと、冬美が近々と顔を寄せ、彼の目の奥を覗き込みながら囁いた。

口から洩れる息は、やはり宇津美や寧々子とも違い、野生の果実のように野趣《やしゅ》溢れる甘酸っぱい芳香が濃く含まれていた。

次第に彼女の腰の動きが激しくなってきたので、平夫も下からしがみつきながらズンズンと股間を突き上げはじめていった。

「アア……、奥まで響く、いきそう……」

冬美が股間を強く擦りつけながら喘いだ。互いのリズムも一致し、溢れる愛液に動きが滑らかになっていった。

「ね、唾飲みたい……」

高まりながら言うと、冬美も懸命に唾液を分泌させて形良い唇をすぼめ、白っぽく小泡の多い粘液をグジューッと吐き出してくれた。

それを舌に受けてヌメリを味わい、うっとりと飲み込んで酔いしれた。

「顔にも強く吐きかけて……」

「こうか」

せがむと、冬美は再び唾液を口に溜めながら大きく息を吸い込み、顔を寄せてペッと勢いよく吐きかけてくれた。

「ああ……」

平夫は顔にひんやりした飛沫を受け、鼻筋に唾液の固まりをピチャッと直撃されながら喘いだ。それは生温かく、甘酸っぱい匂いを放って頰の丸みをトロリと流れた。

さらに冬美が舌を這わせ、彼の顔中をヌルヌルにまみれさせてくれた。

平夫は美人女子大生の唾液と吐息の匂いに包まれながら高まり、彼女も腰を動かしながら、とうとうオルガスムスに達してしまった。

「い、いく……、気持ちいい……、アアーッ……！」

声を上ずらせて口走るなり、ガクガクと狂おしい痙攣を開始した。

平夫も続いて、艶めかしい膣内の収縮に巻き込まれるように昇り詰め、大きな絶頂に全身を貫かれていた。

「く……！」

突き上がる快感に短く呻き、熱い大量のザーメンをドクンドクンと勢いよく柔肉の奥にほとばしらせた。

「あう……、もっと……」

噴出を感じると、冬美は駄目押しの快感を得たように呻き、さらにキュッときつく締め上げてきた。

平夫は激しく股間を突き上げ、心地よい摩擦の中で心置きなく最後の一滴まで出し尽くしていった。そしてすっかり満足しながら突き上げを弱めてゆき、美女の重みと温もりを受け止めながら力を抜いていった。

「ああ……、良かったわ。こんなに感じたの初めて……」

冬美が言い、肌の強ばりを解いてグッタリともたれかかってきた。

膣内は、たまにキュッときつく締まり、刺激されるたび過敏になったペニスがピクンと跳ね上がった。

平夫は彼女の喘ぐ口に鼻を押し込み、湿り気ある甘酸っぱい息を胸いっぱいに嗅ぎながら、うっとりと快感の余韻を味わった。

そして彼は呼吸を整えながら、昨日の昼に来たばかりなのに、すでに三人もの女性とセックスしてしまった幸運を思った。

「ね、今度合宿に来て。流星刀の力を宿した技で部員を鍛えてほしいわ」

冬美が荒い息遣いとともに囁いた。

「ええ……」

「出来れば、彼女たちの処女も奪ってはしい。無垢では勝負に勝てない」

冬美が言う。どうやら、この屋敷の女性ばかりでなく、彼の女運はさらに広がるようだった。

これも、寧々子と流星刀にもらったパワーなのだろう。

やがて彼女が呼吸を整え、そろそろと股間を引き離してゴロリと横になった。

そしてティッシュに手を伸ばし、手探りで割れ目を拭い清めた。

平夫もペニスを拭き、身を起こした。やはりパワーのなせる技か、脱力感がなく、いくらでも続けて出来そうだった。

しかし冬美は、もう充分なようで横になったままだった。

「きつい稽古をした後だから、このまま少し眠るわ……」

「ええ、では……」

彼は身繕いをし、すでに眠りはじめた冬美に布団を掛けてやり、そっと部屋を出たのだった。

少し部屋で休憩していると、昼近くになって五十鈴と秋枝が車で帰ってきて、ようやく冬美も起きだして皆で食卓を囲んだ。

寧々子は離れから出ず、五十鈴が食事を運んでいるらしい。

昼食が済むと平夫は再び部屋に戻ったが、宇津美は友人たちと過ごして夜まで帰らないようだ。

午前中から冬美と一回したのに、平夫はまだ誰かとしたくて堪らなくなった。

また離れの寧々子に会いに行こうかと思ったが、そのとき部屋に秋枝が入って来た。

「部屋に籠もってばかりで退屈でしょう。宇津美ちゃんもいないので、外へ出ない？　お買い物し忘れたものがあるから出るのだけれど」

「そうですか。じゃ行きます」

言われて、彼は一緒に外へ出た。

赤ん坊は寝かしつけたばかりらしく、行くのは秋枝と平夫の二人だけだった。今日は助手席に乗ると、秋枝は軽やかにスタートさせた。彼女の車の中は、昨日も感じたが甘い匂いが籠もっていた。

山道を下って舗装道路に出たが、さすがに北海道は広く、あまり車も通っていなかった。

「実は、お買い物は嘘なの。前から行ってみたいところがあって」

「え……？」

「あそこよ」

言われて見ると、道路沿いに西洋の城が見えてきて、秋枝はその地下駐車場に車を乗り入れて停まった。そこはラブホテルである。

（うわ、今度はこの若妻と……）

願ってもない展開に平夫は胸を高鳴らせ、一緒に車を降りるとエレベーターでフロントまで上がった。

秋枝が少し迷いながら部屋のパネルのボタンを押し、キイを受け取ってまたエレベーターに乗って五階まで上がった。

確かに屋敷の中ばかりでなく、ラブホテルなら気分も変わって良かった。

やがて二人は密室に入ると、すぐにも秋枝が服を脱ぎはじめ、白い肌を露わにしていったのだった。

第三章　美人妻の処女地

1

「さあ、平夫さんも脱いでね」

秋枝に言われ、平夫も興奮しながら手早く脱ぎ去り全裸になった。

何しろ、午前中に冬美とセックスをして、午後には冬美の姉、秋枝とラブホテルに来ているのだ。

一日に姉妹の両方と出来るなど、一生のうちにも滅多にないだろう。

しかも精力絶倫のパワーを持っているのだから、こんなに嬉しいことはない。

先にベッドに仰向けになった秋枝を見下ろすと、姉妹だから顔立ちの整い方は似ているが、印象は冬美とは正反対である。

冬美が鍛えられて引き締まった武闘派なら、色白でぽっちゃりした秋枝は柔和で女らしかった。

乳房は豊かで腰も豊満な丸みを帯び、どこも実に柔らかそうだった。

「いいわ、何でも好きなようにして……」

甘い囁きで言われると平夫は、冬美のときと同じく、秋枝の足裏から顔を寄せ、舌を這わせていった。

「あう、そんなところから……？」

秋枝が驚いたように言いながらも、拒みはせず身を投げ出してくれていた。

亭主が海外へ行き、ずいぶん欲求も溜まっているのだろう。どこに触れても彼女はビクッと敏感に反応した。

平夫は足裏を舐め回し、指の股に鼻を埋めると、やはり汗と脂に湿り、蒸れた匂いが悩ましく籠もっていた。

彼は貪るように嗅いでから爪先にしゃぶり付き、順々に指の間に舌を割り込ませて味わい、もう片方も念入りに味と匂いを堪能した。

「アア……、くすぐったくて、変な気持ち……」

秋枝はクネクネと身悶えて喘ぎ、彼の口の中で指を縮めた。あるいは、この部分を舐められるのは初めてかも知れない。やがて味わい尽くすと、平夫は顔を進めて秋枝の脚の内側を舐め上げていった。

両膝の間に顔を挿し入れ、ムッチリとして滑らかな内腿を舐め上げ、股間に顔を迫らせた。

黒々と艶のある恥毛が程よい範囲に茂り、下の方は露を宿していた。

肉づきが良く丸みを帯びた割れ目からは、やや縦長のハート型をした陰唇がはみ出し、指を当てて広げると、ピンクの柔肉がヌメヌメと潤い、妖しく息づいている。

収縮する膣口には白っぽい粘液がまつわりつき、真珠色の光沢あるクリトリスも小指の先ほどの大きさで突き立っていた。

平夫は股間に籠もる熱気と湿り気に誘われ、吸い寄せられるようにギュッと顔を埋め込んでいった。

柔らかな茂みに鼻を擦りつけて嗅ぐと、甘い汗の匂いと残尿臭の刺激が悩ましく入り混じり、鼻腔に心地よく沁み込んできた。

彼は美人妻の匂いで胸を満たしながら舌を這わせ、淡い酸味のヌメリを感じながら、子を生んだ膣口から柔肉と尿道口をたどり、クリトリスまで舐め上げていった。

「ああッ……、いい気持ち……」

秋枝が身を弓なりに反らせて喘ぎ、内腿でキュッと彼の両頬を挟み付けて、ヒクヒクと白い下腹を波打たせた。

彼は豊満な腰を抱えて押さえ、上の歯で包皮を剝き、チュッチュッと小刻みにクリトリスに吸い付きながら、舌先を左右に蠢かせチロチロと舐めた。

「あうう……、それ、いい……」

秋枝が正直に感想を洩らし、ヌラヌラと大量の愛液を漏らしてきた。

屋敷の女性は、誰も濡れやすく愛液の多いたちのようだった。

もっとも他の女性を知らないから、みな感じる部分を愛撫されればこうなるのかも知れない。

平夫は若妻の味と匂いを貪ってから、両脚を浮かせて豊かな尻の谷間に迫っていった。

ピンクの蕾は、出産で息んだ名残なのか僅かに突き出て艶めかしい形をしていた。上下左右に小さな乳頭状の突起があって光沢を放ち、まるで可憐な椿の花のようだった。

鼻を埋め込んで嗅ぐと、顔に白い双丘が密着し、汗の匂いに混じった生々しい匂いが悩ましく鼻腔を刺激してきた。

平夫は充分に嗅いでから舌を這わせて襞を濡らし、潜り込ませてヌルッとした粘膜を味わった。

「く……！　気持ちいいわ……」

秋枝は、羞じらいよりも快感を優先させたように呻き、キュッと肛門で舌先を締め付けてきた。

平夫は内部で舌を蠢かせ、やがて引き抜いて割れ目に戻った。

「ゆ、指を入れて、奥まで……」

秋枝が声を上ずらせて言い、彼もクリトリスを吸いながら、まずは左手の人差し指を、唾液に濡れた肛門に潜り込ませた。さらに右手の人差し指を膣口に押し込むと、

「そこは二本でお願い……」

秋枝が遠慮なくせがんできた。

いったん抜いて二本の指を潜り込ませ、内壁を小刻みに擦ってから、天井のG

スポットあたりも探ってみた。その間も肛門に入れた指は出し入れするように動かし、クリトリスも吸い続けた。

「あうう……、いいわ、いきそう……！」

秋枝が、三カ所を同時に愛撫され、粗相したように大量の愛液を漏らしながら口走った。

平夫も両手を縮め、左右の手と舌の全てを動かしているが、何しろパワーをもらっているから腕が痺れることもなく、彼女が降参するまで延々と愛撫することが出来た。

「い、いっちゃう……、アアーッ……！」

たちまち秋枝がガクガクと腰を跳ね上げて喘ぎ、オルガスムスに達して狂おしく悶えた。

前後の穴の収縮も高まって指が締め付けられ、やがて彼は秋枝がグッタリと放心状態になるまで愛撫を続けた。

彼女が身を投げ出し、肌の硬直を解いてハアハア喘ぐだけとなると、ようやく舌を引っ込め、前後の穴からヌルッと指を引き抜いた。

肛門に入っていた指に汚れはないが、微香が付着していた。膣内にあった二本の指は白っぽい粘液にまみれ、指の間に膜が張るほどヌメり、指の腹は湯上がりのようにふやけてシワになっていた。

平夫は股間から這い出し、身を投げ出している彼女に添い寝していった。

腕枕してもらい、豊かなオッパイに顔を寄せると、濃く色づいた乳首の先端には、ポツンと白濁した雫が浮かんでいるではないか。

(ぼ、ぼにゅーっ……!)

平夫は心の中で歓喜の雄叫びを上げ、夢中になって吸い付いていった。

どうやら初対面のときから車の中に籠もっていた甘い匂いは、母乳だったのだ。

乳首を舐め回して雫を味わい、さらに唇に挟んで吸い出そうと試みた。

いろいろ吸ったり舐めたりしているうち、ようやく要領が分かったように、生ぬるい母乳が出て来て舌を濡らしてきた。

味は薄甘く、たちまち甘ったるい匂いが口に広がっていった。

「アア……」

オルガスムスの余韻から覚めはじめた秋枝が喘ぎ、分泌を促すようにやわやわと膨らみを揉んでくれた。

するとと急に出がよくなり、平夫も続けざまに飲み込むことが出来た。

しかし、あまり飲みすぎて赤ん坊の分がなくなっても困るだろう。多少出が悪くなり、乳房の張りがやや和らいできたら、彼はもう片方に移動し、そちらも吸い出して喉を潤した。

そして左右ともあらかた吸い尽くすと、腋の下に鼻を埋め込んだ。

そこは寧々子のように柔らかな腋毛があり、母乳と似ているが同じく甘ったるい汗の匂いが沁み付いていた。

平夫は美人妻の体臭で胸をいっぱいに満たすと、やがて彼女が身を起こして移動し、ペニスに屈み込んできた。

幹を握り、舌先でチロチロと尿道口の粘液を舐め取り、そのままスッポリと喉の奥まで呑み込んでいった。

「ああ……」

平夫は快感に喘ぎ、根元まで含まれてヒクヒクと幹を震わせた。

秋枝も熱い息を籠もらせて吸い付き、クチュクチュと舌をからめ、ペニス全体を生温かな唾液にまみれさせてくれた。

しかし、まだ余韻から立ち直れないように、スポンと口を離すと再び身を横たえた。

「お願い、入れて……」

息を弾ませて言い、平夫もすぐに身を起こした。

「うつ伏せになって……」

彼が言うと、秋枝も腹這いになり、脚を縮めて尻を突き出してくれた。

平夫は膝を突いて股間を進め、幹に指を添えて、バックから先端を膣口に押し当てた。

そして何度かヌラヌラと擦りつけてから、感触を味わうようにゆっくり根元まで挿入していったのだった。

2

「アアッ……、いいわ、すごく感じる……!」

秋枝が白い背中を反らせ、顔を伏せて喘いだ。平夫も深々と貫き、肉襞の摩擦と温もりに包まれた。

強く押し付けると、下腹部に豊満な尻がキュッと当たって弾むのが何とも気持ち良かった。出産していても締まりが良く、彼は何度か前後運動をしてから覆いかぶさり、両脇から回した手で巨乳を鷲摑みにした。

「あうう、もっと乱暴にしていいのよ……」

秋枝が、キュッキュッと締め付けながら言い、徐々に尻を前後させはじめた。

平夫も髪に鼻を埋め込んで甘い匂いを吸収し、次第に動きを速めていった。

溢れる愛液が内腿を伝い、揺れてぶつかる陰嚢もネットリと濡れた。

尻に股間のぶつかる音に混じって、ピチャクチャと淫らに湿った摩擦音も響いてきた。

しかし、やはり顔が見えないのが物足りず、すぐ果てるのも勿体ないので、今回はバックの感触を味わっただけで平夫は身を起こし、ペニスをヌルッと引き抜いた。

「横向きになって」

言うと、秋枝も素直に横向きになった。

やはり彼も、ネットで知った様々な体位を順々にやってみたかったのだ。

平夫は彼女の上の脚を真上に差し上げ、下の内腿に跨がり、松葉くずしの体位で再び挿入しながら上の脚に両手でしがみついた。

「アアッ……、これも気持ちいいわ……！」

秋枝が横向きになったまま喘ぎ、またキュッときつく締め付けてきた。

平夫もすぐに腰を突き動かし、膣内の摩擦のみならず、滑らかな内腿の感触も味わった。

互いの股間が交差しているので密着感が大きく、喘ぐ表情も見えるので実に心地よかった。

しかし、やはり最後は美女の唾液と吐息を味わいたいので、また引き抜いて彼女を仰向けにさせた。最後は正常位で挿入してゆき、股間を密着させて身を重ねていった。

「ああ……、いい気持ち……」

秋枝が両手を回してしがみつき、待ちきれないようにズンズンと股間を突き上げてきた。平夫も腰を遣い、胸で巨乳を押しつぶして唇を重ねていった。

「ンン……」

秋枝が熱く鼻を鳴らし、挿し入れた舌にチュッと吸い付いてきた。

生温かな唾液にまみれた舌は滑らかに蠢き、彼女の吐き出す息は甘く、花粉のように妖しい刺激が含まれていた。

平夫はいつしか股間をぶつけるように律動し、口を離して秋枝の口に鼻を押し込み、甘い刺激の息を嗅ぎながら高まっていった。

「ま、待って……」

するとと、秋枝が動きを止めて言ったのだ。

「お尻を犯してみて……、前から、一度してみたかったの……」

彼女の熱っぽい囁きに、平夫も好奇心を覚えた。若妻の、最後に残った処女の部分が頂けるのだ。

彼は身を起こし、いったんペニスを引き抜いて秋枝の両脚を浮かせた。

見ると割れ目から溢れ出た愛液が、肛門までヌメヌメと濡らしていた。

平夫が愛液にまみれた先端を蕾に押し当てると、秋枝も口で呼吸をして括約筋を懸命に緩め、受け入れる体勢を取った。

グイッと押し込んでゆくと、張りつめた亀頭が蕾を丸く押し広げ、襞がピンと伸びて光沢を放ちながら受け入れていった。

いちばん太いカリ首が潜り込むと、あとは滑らかにズブズブと根元まで押し込むことが出来た。

「あう……」

秋枝は呻き、二度目の処女を失う感じで眉をひそめ、キュッときつく締め付けてきた。

　さすがに入り口の締まりは良く、膣内とは違う感触だった。内部は思っていたほどのベタつきはなく、むしろ滑らかな感じである。

「深くまで突いて……、乱暴にして構わないから、強く、何度も……」

　秋枝が、初めての感触にも感じながら言い、平夫は小刻みに腰を前後させていった。

「あうう……、変な感じ……」

　秋枝が懸命に緩急を付けて律動を滑らかにさせ、膣とは微妙に異なる収縮を繰り返した。しかも彼女は自ら乳首を摘み、もう片方の手では空いているクリトリスをいじりはじめたのだ。

　乳首からは再び母乳が滲み、その仕草は実に淫らで貪欲で、しかも彼女自身の指の動きに合わせてクチュクチュと湿った音まで聞こえてきたのだ。

　平夫も急激に高まり、いつしか違う穴という気遣いも忘れて激しく動き、股間に当たる心地よい尻の感触に昇り詰めてしまった。

「い、いく……！」

　彼は大きな絶頂の快感に全身を貫かれて口走り、ありったけの熱いザーメンをドクドクと内部にほとばしらせた。すると中に満ちるザーメンのヌメリで、さらに律動がヌラヌラと滑らかになった。

「アア……、熱いわ、感じる……、もっと出して……、ああーッ……！」

秋枝は噴出を感じると、自らのクリトリスへの刺激で同時にオルガスムスに達してしまった。

愛液が噴出するように大量に溢れ、膣内と連動するように直腸内がキュッキュッと息づき、平夫は心ゆくまで快感を嚙み締めながら最後の一滴まで出し尽くしてしまった。

やがて彼は満足しながら動きを止め、まだ締まる内部でヒクヒクと過敏に幹を震わせて荒い呼吸を繰り返した。

「ああ……、お尻も感じるわ、気持ち良かった……」

秋枝も肌の強ばりを解きながら吐息混じりに言い、グッタリと身を投げ出していった。

平夫が引き抜こうとすると、それより先にヌメリと内圧で、ペニスが押し出されてきた。しかも肛門がモグモグと収縮するので、まるで彼女の排泄物にでもなったような興奮が湧いた。

すぐにペニスはツルッと抜け落ちたが、特に汚れの付着などはない。

一瞬、中の粘膜を覗かせるように丸く広がった肛門も、みるみるつぼまって元の可憐な形状に戻っていった。

「さあ、すぐ洗った方がいいわ……」

秋枝が言い、まだ余韻に浸っていたいだろうに身を起こし、一緒にベッドを降りてバスルームへ移動した。

シャワーで互いの全身を流してから、秋枝がボディソープで甲斐甲斐しくペニスを洗ってくれた。その刺激にムクムクと回復しそうになったが、

「オシッコしなさい。中も洗い流さないと」

秋枝に言われ、彼も懸命に勃起を抑えて尿意を高めた。

ようやくチョロチョロと放尿し終わると、もう一度彼女はシャワーで洗い、さらに仕上げに尿道口をペロペロ舐めて清めてくれた。

もう堪らず、ペニスはピンピンに勃起して元の硬さと大きさを取り戻してしまった。

「すごいわ、もうこんなに……」

秋枝も感心したように言い、次は正規の場所でしてみたそうに目を輝かせた。

「ね、秋枝さんもオシッコしてみて」

平夫は言って床に座ったまま、目の前に彼女を立たせた。そして片方の足を浮かせてバスタブのふちに乗せさせ、開いた股間に顔を埋めた。

湯に濡れた恥毛からは、もう濃厚だった匂いは薄れてしまったが、舌を這わせると新たな愛液がヌラヌラと溢れてきた。

「あうう、いいの？　出しても……」

秋枝が息を震わせ、彼の頭に両手を乗せて言った。

返事の代わりにクリトリスを吸い、内部を舐め回すと、中の柔肉が迫り出すように盛り上がり、温もりと味わいが変化した。

「で、出ちゃう……」

秋枝が息を詰めて言うなり、ポタポタと温かな雫が滴り、すぐにもチョロチョロとした緩やかな流れとなっていった。

口に受けると、味と匂いは淡く控えめで、何の抵抗もなく喉に流し込むことが出来た。

「アア……、飲んだらダメよ……」

秋枝は言ったが拒むことはせず、さらに勢いを増して彼の口に放尿を続けた。

飲むのが追いつかず、口から溢れた分が温かく胸から腹に伝い流れ、すっかり回復したペニスが心地よく浸された。

しかしピークを越えると、すぐに勢いが衰えて流れが治まっていった。

平夫は残り香の中で濡れた割れ目内部を舐め回し、余りの雫をすすった。すると、またすぐにも大量の愛液が溢れ、残尿を洗い流すように淡い酸味のヌメリが満ちていった。

「ああ……、もうダメ……」

秋枝が立っていられないほどガクガクと膝を震わせて喘ぎ、とうとう足を下ろしてクタクタと座り込んでしまった。

平夫は抱き留め、もう一度互いをシャワーで洗い流し、身体を拭くと全裸のまま再びベッドへ戻っていったのだった。

3

「今度は上になってもいい……?」

秋枝が、平夫を仰向けにさせて言い、彼の股間に屈み込んできた。

張りつめた亀頭をしゃぶり、スッポリ含みながら吸い付いて舌をからめた。

「ああ……」

彼は股間に熱い息を受けながら、美女の舌遣いと吸引に喘いだ。

すると秋枝も、ペニスを唾液にまみれさせただけでスポンと口を引き離し、すぐにも身を起こして跨がってきたのである。

先端に濡れた割れ目を押し当て、息を詰めてゆっくりヌルヌルッと滑らかに膣口に受け入れていった。

「アア……、いいわ、やっぱりこっちの方が……」

秋枝は股間を密着させて座り込み、顔を仰け反らせて喘ぎながら味わうようにキュッキュッときつく締め付けてきた。

やがて身を重ねてきたので、平夫も抱き留め、僅かに両膝を立てて膣内の温もりと感触を味わった。

これで全ての体位を味わったことになる。しかも母乳やアナルセックスにオシッコまで体験し、実に密度が濃かった。

彼女も快感に喘ぎながらグリグリと股間を擦りつけ、身を重ねてきた。

平夫も抱き留め、さっき射精したばかりだから暴発の心配もなく、ズンズンと股間を突き上げて心地よい摩擦を嚙み締めた。

「また飲んで……」

と、秋枝が言って胸を突き出し、自ら両の乳首をつまんだ。

ポタポタと生ぬるい母乳が滴り、舌に受けると、さらに無数の乳腺から霧状になった分まで顔じゅうに降りかかった。

平夫は甘ったるい匂いに包まれ、左右の乳首を交互に吸って喉を潤した。

すると彼女も腰を遣いながら顔を寄せ、母乳に濡れた彼の顔をヌラヌラと舐め回してくれたのだ。

「ああ、気持ちいい……」

平夫は顔を這い回る滑らかな舌の感触に酔いしれて喘ぎ、母乳と唾液と息の匂いに激しく高まった。

「唾も飲ませて……」

言うと秋枝も口にたっぷりと唾液を分泌させてから、トロトロと彼の口に吐き出してくれた。平夫は生温かく小泡の多い、ネットリとした唾液を味わい、喉を潤しながら突き上げを強めていった。

「い、いっちゃう……、すごいわ……、アアーッ……！」

たちまち秋枝がオルガスムスに達し、激しく股間を擦りつけながら膣内を収縮させて悶えた。

彼も続いて昇り詰め、大きな快感に全身を貫かれてしまった。

「く……！」

呻きながら、熱い大量のザーメンをドクドクと勢いよく注入すると、

「あう、いい気持ち……！」

噴出を感じた秋枝が駄目押しの快感に呻き、さらにきつく締め上げてきた。

平夫も心地よい摩擦の中で快感を噛み締め、心置きなく最後の一滴まで出し尽くしていった。

満足しながら突き上げを弱めていくと、彼女も肌の強ばりを解いてグッタリと体重を預け、精根尽き果てたように力を抜いた。何しろ、前でも後ろでも絶頂に達したのだから、相当に良かったようだ。

まだ膣内が貪欲にキュッキュッと締まり、過敏になったペニスが刺激されてヒクヒクと中で跳ね上がった。

そして平夫は彼女の重みを受け止め、湿り気ある花粉臭の吐息を間近に嗅ぎながら、うっとりと余韻を味わったのだった。

すると、もたれかかっていた秋枝がそろそろと股間を引き離して移動し、愛液とザーメンにまみれたペニスにしゃぶり付き、ヌメリをすすりながら舌で綺麗にしてくれた。

「あうう……、も、もういいです、ありがとう……」

「ううん、いっぱいミルクを飲んでくれたから、今度は私が……」

平夫が腰をよじって言うと、秋枝は幹をしごきながら答え、尿道口から滲む全てをすすってくれたのだった……。

――夕食のときも、平夫と五十鈴、秋枝の三人だけで、冬美はまた合宿に行き、宇津美も友人との集まりが楽しいらしく今夜は泊まるようだった。

そして夕食と入浴を済ませると、今日はずいぶん射精したのに、やはりパワーが増大しているので平夫は性欲が湧いて仕方がなかった。

全裸に浴衣だけ羽織り、しばらく客間で過ごしていたが、やはり座敷牢の寧々子を訪ねようかと思った。

すると襖がそっと開き、何と五十鈴が入ってきたのである。

彼女も色っぽい浴衣姿だった。

「ごめんなさいね。せっかく来て頂いたのに宇津美が留守ばかりして」

「いえ、構いません。僕こそ勝手にノンビリさせて頂いて」

平夫は答え、傍らに座る五十鈴から漂う甘ったるい匂いを感じた。

これは彼女が淫気を催し、しかもまだ入浴前だということが、すっかり研ぎ澄まされた嗅覚で分かるようになっていた。

(と、とうとう、宇津美のママとも……?)

平夫は、激しく胸を高鳴らせた。三十九歳なら、今まで知り合った女性たちの中で一番年上の美熟女だ。

もう彼女から誘う前に、平夫は自分から積極的に求めてしまった。

どうせ彼女が屋敷内の他の女性とも懇ろになっていることを、五十鈴も知っているのだろう。寧々子が言っていたように、屋敷に来た男は女たちが共有し、またそれを互いに口にせず干渉もしていないふうなのである。

「ね、どうか少しだけ一緒に寝て下さい……」

「まあ、私と？　宇津美でなくていいの？」

思いきって口に出すと、五十鈴はそれほど驚いた様子もなく、神々しい笑みを含んで答えた。

「ええ、とっても綺麗だから、どうにも堪らなくて、出来れば脱いで下さい」

平夫は夢でも見ているように、身も心も興奮にぼうっとなって言った。

「いいわ」

五十鈴が答え、すぐにも帯を解いて浴衣を脱ぎはじめてくれた。さらに生ぬるく甘い匂いが漂い、みるみる白い熟れ肌が露わになっていった。

平夫も手早く全裸になり、一糸まとわぬ姿になった五十鈴が横になると、添い寝して甘えるように腕枕してもらった。

腋の下に鼻を埋め込むと、やはりそこには自然のままの腋毛が色っぽく煙り、甘ったるい汗の匂いが馥郁と籠もっていた。

彼は美女の体臭で胸を満たし、目の前で息づく巨乳を見つめた。

それは他の誰よりも豊かで、きめ細かな肌も実に滑らかで、うっすらと透ける細かな血管も艶めかしかった。

平夫は胸いっぱいに超美熟女の汗の匂いで満たしてから、顔を移動させ、コリコリと硬くなっている乳首にチュッと吸い付いていった。

「アア……」

五十鈴がビクリと反応し、熱く喘いだ。やはり彼女も、秋枝のように相当に欲求が溜まっていたのだろう。

舌で乳首を転がしながら豊かな膨らみに顔中を押し付けると、柔らかな感触と温もり、そして心地よい弾力が感じられた。

吸い付きながら舌で弾くと、彼女も喘ぎながら平夫の髪を撫で回し、顔を上げて額にキスしてくれた。

ほんのり濡れた唇が心地よく、白粉のように甘い刺激を含んだ息の匂いも感じられて平夫は激しく興奮した。もう片方の乳首も含んで舐め回し、やがて滑らかな肌をたどって下降した。

臍は実に形良く、腹部の肌が四方に均等に張り詰めていた。

鼻を埋めてほのかな汗の匂いを嗅ぎ、舌先で臍を舐め、弾力ある腹部に顔を押し付けて感触を味わった。

ピンと張りのある下腹も滑らかで、まるで白粉でもまぶしたように白かった。

豊満な腰からムッチリした太腿に舐め降り、脚を舌でたどっていくと、どこもスベスベの感触だった。

ろくに手入れなどしていないだろうが、脛も滑らかで、足首まで行った彼は足裏に回り込んで、踵から土踏まずを舐め、形良く揃った指の間に鼻を押しつけて嗅いだ。

何をしても、五十鈴は身を投げ出して好きにさせてくれ、たまにピクンと熟れ肌を震わせて反応した。

指の股はやはり汗と脂に生ぬるく湿り、蒸れた匂いが程よく沁み付いていた。

心ゆくまで足の匂いを貪ってから、爪先にしゃぶり付いた。桜色の爪は滑らかで光沢があり、順々に舐めてそっと爪先を噛み、全ての指の股に舌を割り込ませると、

「あう……」

五十鈴が呻き、くすぐったそうにビクリと脚を震わせた。

やがて彼は両足とも味と匂いを堪能し、やがて彼女をうつ伏せにさせた。

4

「ね、四つん這いになって」

平夫が言うと、五十鈴も素直にうつ伏せになり、布団に両肘と膝を突いて、白く豊満な尻を持ち上げ、彼の方に突き出してくれた。

彼は屈み込んで、両の親指でムッチリと谷間を広げ、ひっそり閉じられているピンクの蕾に鼻を埋め込んでいった。

そこは秘めやかな匂いが籠もり、平夫は顔中に双丘を密着させて嗅いだ。

こんな天女のような美女でも、やはり大の排泄をするということが分かって嬉しかった。

「アア……、ダメよ、恥ずかしいわ……」

何度も彼が鼻を埋めてクンクン嗅ぐものだから、五十鈴は顔を伏せて言い、それでも拒むことはしなかった。

平夫は執拗に嗅いでから、やがて舌を這わせて襞を濡らし、ヌルッと潜り込ませて滑らかな粘膜を探った。

「く……!」

五十鈴が息を詰めて呻き、羞じらいながらモグモグと肛門で舌先を締め付けてきた。平夫も内部で舌を蠢かせ、出し入れさせるように動かして、甘苦いような微妙な味わいのある粘膜を舐めた。

「も、もうダメよ……、変になりそう……」

やがて五十鈴が言い、クネクネと尻を悶えさせた。

平夫も舌を引き抜いて見ると、真下の割れ目から溢れた愛液が滑らかな内腿にまで伝い流れはじめているではないか。

彼は再び、五十鈴を仰向けにさせた。

そして大股開きにさせて真ん中に腹這い、両膝の間に顔を進めると、張り詰めて量感ある内腿を舐め上げて股間に迫った。

ふっくらした丘には艶のある恥毛が柔らかそうに茂り、割れ目からはみ出した陰唇は興奮に濃く色づいて、ヌメヌメと蜜に潤っていた。

指を当てて陰唇を広げると、薔薇の花弁のようにピンクの襞が入り組み、かつて宇津美が生まれ出てきた膣口が妖しく息づいていた。

ポツンとした小さな尿道口もはっきり確認でき、包皮の下からは小指の先ほどのクリトリスが亀頭の形をして突き立ち、真珠のようにツヤツヤとした綺麗な光沢を放っていた。

「ああ、そんなに見ないで……」

彼の視線と息を感じたのか、五十鈴が白い下腹をヒクヒクと波打たせながら喘いだ。

「ね、舐めてって言って」

「な、舐めて……、アア……」

股間から言うと、五十鈴も息を弾ませて答え、自分の言葉に激しく喘いだ。

平夫も焦らさず、むしろ自分も待ちきれないように顔をギュッと埋め込み、恥毛に鼻を擦りつけて隅々に籠もる匂いを貪った。

汗とオシッコの匂いが実に上品で控えめに沁み付き、しかしはっきりと熟れた女臭を含んで彼の鼻腔を刺激してきた。

「いい匂い」

「ああ、嘘……」

嗅ぎながら思わず言うと、五十鈴が羞恥に声を震わせ、内腿でキュッと彼の顔を挟み付けた。それでも、あえて入浴せず彼の部屋に来たので、あるいは寧々子あたりから平夫の性癖を聞いていたのかも知れない。

美熟女の体臭に噎せ返りながら内部を舐めると、やはりヌメリは淡い酸味を含んで舌の動きを滑らかにさせた。

舌先で膣口の襞をクチュクチュと味わい、潤いをすくい取りながらクリトリスまで舐め上げていくと、

「アア……、すごいわ、いい気持ち……！」

五十鈴が顔を仰け反らせ、新たな愛液を漏らしながら喘いだ。

平夫も豊満な腰を抱え込んで押さえ付けながら、執拗にクリトリスを舐め、目を上げた。悶えて息づく白い熟れ肌が続き、巨乳の間から美女の仰け反る顔が見えた。

上の歯で完全に包皮を剝き、舌先を上下左右に小刻みに動かして舐め、時にはチュッと吸い付いて味と匂いを堪能した。

「も、もう堪忍……、いきそうよ……」

五十鈴が声を上ずらせて哀願し、とうとう身を起こして平夫の顔を股間から追い出してしまった。挿入する前に、早々と昇り詰めてしまうのを惜しんだ感じである。

平夫も素直に移動して再び添い寝し、せがむように五十鈴の顔を胸に抱き寄せた。すると彼女も、すぐ乳首にチュッと吸い付いてくれた。

「ああ……、嚙んで……」

熱い息に肌をくすぐられながら言うと、五十鈴も綺麗な歯でキュッと軽く乳首を嚙み、なおもチロチロと舌先を這わせてくれた。

「気持ちいい……、もっと強く……」

言うと彼女もやや力を込めて噛み、左右とも舌と歯で愛撫した。

「あちこちもいっぱい噛んで……」

甘えるようにせがむと、五十鈴も彼の脇腹に移動し、大きく開いた口でキュッと噛んでくれた。

平夫は甘美な刺激と悦びに身悶え、美女に食べられているような錯覚の中で勃起したペニスを震わせた。

五十鈴も下降してゆき、やがて大股開きになった彼の股間に腹這い、左右の内腿にも歯を立ててくれた。内腿を噛みながら中心に向かい、ペニスと陰嚢を避けて反対側の内腿に歯を食い込ませているので、何やら美女が巨大な西瓜《すいか》にでもかぶりついているようだ。

そして彼女は平夫の両脚を浮かせ、両の尻の丸みを噛んでから、チロチロと肛門を舐めてくれた。

「あうう……、気持ちいい……」

美女の舌先がヌルッと侵入すると、平夫は妖しい快感に呻き、キュッときつく肛門で舌先を締め付けた。

内部で舌が蠢くと、操られるように屹立したペニスが上下した。

充分に舐めてから彼女が舌を引き離し、脚を下ろしながら陰嚢にしゃぶり付いてきた。
熱い息を股間に籠もらせて二つの睾丸を舌で転がし、袋全体を生温かな唾液に
まみれさせると、いよいよ肉棒の裏側を舐め上げた。
滑らかな舌先が先端まで来ると、五十鈴は幹を指で支え、粘液の滲む尿道口を
チロチロと舐め、次第に張りつめた亀頭にもしゃぶり付いてきた。
「ああ……」
そのままスッポリと喉の奥まで呑み込まれると、平夫は快感に喘いだ。
五十鈴は深々と頬張り、上気した頬をすぼめて吸い、濡れた口で幹の付け根を
キュッと丸く締め付けた。
熱い鼻息が恥毛をくすぐり、口の中ではクチュクチュと舌がからみつくように
蠢いて、たちまち彼自身は美熟女の清らかな唾液に生温かくまみれた。
そして思わずズンズンと小刻みに股間を突き上げると、
「ンン……」
五十鈴が喉の奥を突かれて小さく呻き、新たな唾液をたっぷり溢れさせてペニ
スを浸した。

彼女も顔を上下させ、スポスポと強烈な摩擦を繰り返した。

「い、いきそう……、入れたい……」

さっきの五十鈴のように降参すると、彼女もスポンと口を引き離してくれた。

「私が上？」

「ええ、お願いします……」

答えると五十鈴も身を起こし、ためらいなくペニスに跨がってきた。そして唾液に濡れた先端に割れ目をあてがい、久々の若いペニスを味わうようにゆっくり腰を沈み込ませていった。

宇津美の処女を奪ったペニスが、ヌルヌルと滑らかに、その母親の膣内に呑み込まれ、深々と入ってピッタリと股間が密着した。

「アア……、いい気持ち……」

五十鈴が顔を仰け反らせて喘ぎ、しばしじっとしながら感触を嚙み締め、モグモグと膣内を締め付けてきた。

さらにグリグリと擦りつけてから身を重ねてくると、平夫も両手を回してしがみついていった。

膣内は温かく濡れ、実に締まりが良く、収縮するだけで動かなくても果ててしまいそうだった。平夫は、とうとう宇津美の母親と一つになった興奮と感激に包まれ、内部で幹を震わせた。

「ああ、動いているわ……、何て可愛い……」

五十鈴が喘ぎ、応えるようにキュッキュッと締め付けてきた。

やがて平夫が徐々に股間を突き上げはじめると、五十鈴も合わせて腰を遣い、次第にリズミカルな律動となっていった。

溢れた愛液が動きを滑らかにさせ、クチュクチュと淫らに湿った摩擦音も響いて、彼の陰嚢まで生温かく濡れた。

5

「ね、何て呼んだらいいかな。五十鈴さん？」

「ええ、好きなように呼んでいいわ。ママでもいいし」

平夫が下から囁くと、五十鈴も熱く甘い息で答えた。おばさんと呼ぶのは気が引けるし、ママと呼んで甘えたい気もするが、やはりここは五十鈴さんの方が良いだろう。

「五十鈴さんの息が、すごくいい匂い……」

平夫は彼女の顔を引き寄せながら、口に鼻を押しつけて言った。熱く湿り気ある息は、白粉のように甘い匂いを含み、鼻腔の天井を悩ましく刺激して胸に沁み込んできた。

「恥ずかしいからダメ……」

五十鈴は言いながらも、彼が何度も嗅ぐたびに膣内のペニスが硬度を増すことを知ると、嫌がらず口を開いて、かぐわしく温かな息を惜しみなく吐きかけてくれた。

平夫は、このまま超美女の口から飲み込まれたいような気にさえなった。

そして体内を通過して生まれたら、宇津美と姉弟になれるかも知れない。

そんなことを思いながら美女の吐息でうっとりと胸を満たし、我慢できずズンズンと勢いを付けて突き上げはじめていった。

「アアッ……、いい気持ち……」

五十鈴も喘いで締め付けながら、次第に激しく腰を動かしてくれた。

「唾も飲ませて……」

言うと彼女も、喘いで乾いた口中に懸命に唾液を分泌させ、口移しにトロトロと注ぎ込んできた。平夫は生温かく小泡の多いシロップを味わい、心地よく喉を潤した。

そして舌をからめ、滑らかな感触を噛み締めながら、美熟女の吐息と唾液に高まっていった。

「い、いきそう……」

「いいわ、いって。中にいっぱい出して……」

絶頂を迫らせて言うと、五十鈴も収縮を活発にさせて高まりながら答えた。

「ね、顔じゅう舐めてヌルヌルにして……」

平夫も果てそうになると、何でも図々しく要求してしまった。

「まあ、世話の焼ける坊やね。汚いのが好きなの？」

「綺麗な人に汚いものなんかないから……」

「いいわ、こう？」

五十鈴は舌を伸ばし、彼の鼻の穴を舐め回し、さらに唾液を垂らしながら顔に塗り付けてくれた。

「ああ……、溶けてしまいそう……」

平夫は唾液と吐息の悩ましい匂いと、顔を舌のヌメリにまみれさせながら喘いだ。

　五十鈴も息を弾ませて腰を遣いながら、彼の頬から瞼、耳の穴まで舐め回してくれた。

「い、いく……、あぁッ……！」

　とうとう平夫は絶頂に達して、大きな快感とともに口走った。

　同時に、ありったけの熱いザーメンがドクドクと勢いよくほとばしり、彼女の奥深い部分を直撃した。

「か、感じるわ。いい気持ち……、アアーッ……！」

　噴出を受け止めると同時に五十鈴もオルガスムスに達し、声を上ずらせながらガクンガクンと狂おしい痙攣を開始した。膣内の収縮も高まり、まるでザーメンを飲み込むようにキュッキュッと締まった。

　平夫は快感に身悶え、下から豊満な熟れ肌にしがみつきながら、心置きなく最後の一滴まで出し尽くしていった。

「ああ……、良かった……」

　彼は満足しながら言い、徐々に突き上げを弱めていった。

「すごいわ……、こんなに感じさせてもらえるなんて……」

五十鈴も、満足げに肌の硬直を解いて、うっとりと力を抜きながら言った。童貞に毛の生えた程度の大人しげな十代だから、最初はあまり期待していなかったのかも知れない。

しかし心から満足したようで、膣内は名残惜しげな収縮が繰り返され、熟れ肌は何度もビクッと激しく震えた。

なおも吸い取るようにキュッと締め上げられるたび、過敏になったペニスがヒクヒクと中で脈打った。

そして平夫は彼女の重みを感じ、湿り気ある白粉臭の吐息を嗅ぎながら、うっとりと快感の余韻に浸り込んだのだった。

やがて五十鈴が呼吸を整え、そろそろと身を起こして股間を引き離した。

そしてティッシュでペニスを拭ってくれ、割れ目も軽く拭いただけで屑籠に入れた。

「このままお風呂に行きましょう」

言われて彼も立ち上がり、全裸のまま一緒に客間を出た。

すると、すぐそこに風呂場があったのである。

（あれ？　こんなに近かったっけ……）

平夫は怪訝に思ったが、あるいは五角形の屋敷は様々な結界が張られ、空間が歪んで思った場所へすぐ行かれるのかも知れない。

だから他の女性たちも、誰かが男と交わっていても干渉せずに済み、必要なものだけが会えるのではないだろうか。

とにかく風呂場に入り、互いに湯を浴びて身体を流した。

白い熟れ肌が上気してピンクに染まり、脂が乗って湯を弾き、何とも艶めかしくて平夫はまた催してしまった。

「ね、飲みたい……」

彼は床に座ったまま言い、目の前に五十鈴を立たせてせがんだ。

「まあ、オシッコしろと言うの？」

「ええ、どうしても。ほんの少しでもいいから……」

言うと彼女も、それほど驚いた様子もなく、平夫の目の前に立って股間を突き出してくれた。

「自分で開いて」

「恥ずかしいわ……」

五十鈴は少女のようにモジモジしながらも、自ら両の人差し指を割れ目に当てて、グイッと陰唇を広げてくれた。

ピンクの柔肉が蠢き、新たな愛液が溢れてきたようだ。

股間に顔を埋めると、やはり茂みに籠もった匂いは薄れてしまったが、彼は膣口とクリトリスを舐めて淡い酸味のヌメリを貪った。

「アア……、いいのね。本当に出るわ……」

五十鈴が言うなり、柔肉が盛り上がり、チョロチョロと温かな流れが彼の口に注がれてきた。

夢中で受け止めて飲み込むと、秋枝よりもやや味と匂いが濃く、平夫は激しい興奮に見舞われた。彼女も徐々に勢いを増して放尿し、ガクガク膝を震わせながら息を詰めていた。

しかし、あまり溜まっていなかったようで、一瞬勢いがついただけで、すぐに治まってしまった。

平夫は舌を這わせて余りの雫をすすり、溢れてきた愛液を味わった。

「さあ、もういいでしょう?」

五十鈴が言って開いていた指を離し、やんわりと股間を引き離した。

「ね、僕ももう一回出したい……」

「まあ、こんなに大きく……」

甘えるように言うと、五十鈴も勃起したペニスを見て感嘆の声を洩らした。

「もう今夜は充分だわ。お口でもいい？」

彼女は言い、バスタブのふちに畳んだタオルを敷き、平夫をそこに座らせた。

股を開くと、腰を下ろした彼女が顔を寄せ、回復した亀頭にしゃぶり付いた。

「ああ……、いい気持ち……」

平夫は吸い付かれ、滑らかな舌に愛撫されて喘いだ。

五十鈴も息を籠もらせて濃厚なフェラを続け、たまにスポンと口を離すと、巨乳の谷間で幹を挟み付けて揉み、俯いて先端を舐め回してくれた。

座っているので、美しい五十鈴が念入りにしゃぶってくれる様子をよく見ることが出来た。

「い、いきそう……」

急激に絶頂を迫らせて言うと、なおも彼女は吸引と舌の蠢きを激しくさせてきた。さらに顔を前後させ、濡れた口で摩擦してくれたのだ。

どうやら、このまま口に射精して良いらしい。

「いく……、アアッ……！」

平夫は高まって快感に貫かれ、とうとう美熟女の喉の奥めがけて勢いよくザーメンをほとばしらせてしまった。

「ク……、ンン……」

五十鈴が噴出を受け止めて熱く鼻を鳴らし、さらに吸引してくれた。

何やら陰嚢から直接吸い出されるような、激しい快感に彼は悶えた。

「き、気持ちいい……」

平夫は腰をよじりながら口走り、最後の一滴まで吸い取られてしまった。

すっかり満足しながら硬直を解くと、彼女も吸引を止め、亀頭を含んだまま口に溜まったザーメンをゴクリと一息に飲み干してくれた。

「あう……」

締まる口腔に刺激され、平夫は呻きながらピクンと幹を震わせたのだった。

第四章　淫らな五角形

1

（やっぱり寧々子さんのところへ行こう……）

平夫は起き上がって思った。

五十鈴と別れて、すっかり満足したはずなのに、平夫はどうにも力が漲って眠れなかったのだ。

そして念じながら客間を出ると、すぐ渡り廊下があり、寧々子のいる離れの座敷牢へいくことが出来たのである。念じさえすれば、もうこの屋敷内で迷うこともないようだ。

中に入ると、また灯りが点いていて、寧々子は起きていた。いつもの巫女姿で、他の誰よりも濃厚な匂いが感じられた。

「お邪魔して構いませんか」

「良い。入れ」

言われて、彼は戸を開けて中に入った。

「いろいろと伺いたいことがあって」

「何か」

座って言うと、寧々子も向き直って答えた。座敷牢内に籠もる濃い匂いに股間がムズムズしてきたが、先に話したいこともある。

「昼間、屋敷の周りを歩いてみたんですが、確かに五稜郭に似た五角形ですが、この離れはどこにあるんですか」

「ここは真ん中」

「え……？　離れが屋敷の真ん中に？」

「離れとは、平夫が勝手に思い込んだだけ。そもそも、五という数字で何を連想する？」

「はあ、五体満足とか、五輪とか五重塔とか……」

「そう、五重塔は五大と言い、下から、地、水、火、風、空を表す」

寧々子が言う。巫女だが、仏教系も詳しいようだ。

「この屋敷の五つの部屋は、五行。すなわち、木火土金水」

「もっかどこんすい……」

「部屋は、それぞれ五十鈴さん、宇津美、秋枝、冬美、客間となり、その間間に風呂とご不浄、納戸や厨、食堂などが配置され、ここが真ん中」

では、屋敷の真ん中に円形の庭があり、その中心に渡り廊下でこの離れに来るということらしい。

「この部屋は、何を表しているのです?」

「日月」

「じつげつ？　なるほど、それで木火土金水と合わせて一週間ですか」

「日月とは、昼と夜、陰と陽、男女を表す」

全ては、中心のセックスから生まれると言うことだろうか。

「はあ、それで五角形がなぜ魔除けに……？」

「最もシンプルな魔除けは、正三角形。おにぎりとは、鬼を斬る魔除け」

「なるほど……」

「東洋の世界観は全て陰陽が基本だが、我が日本は全てを三という安定と調和で表す。天地人、衣食住、ジャンケン、過去現在未来の三界。ちなみに杉という字の旁《つくり》の三本線は、雨風雪を表し、影の三本線は日月星の光を表す」

「なるほど、白黒つけずに灰色というファジーな部分も残すのが日本人らしいですね」

「その正三角形に、さらに結界を張ったのが五角形。そして六角形となると籠を編んだ形で、籠目と言い、またはダビデの星」

どうやら数字にも形にも、深い意味があるようだった。

かごめは、囲め、でもあると言われる。

童謡のかごめかごめでも、鬼になった子を囲んでグルグル回って歌う。まさに中心部のここは、籠の中の鳥居。籠もっている寧々子は、いついつ出やる、といった感じか。

とにかく、屋敷の中心部にいるエイリアンとのハーフの寧々子と流星刀のパワーが周囲に及ぼし、淫らな気を放出しているのかも知れない。

「この座敷牢には、今まで色んな人が中に？」

「隕石に付着した異星人の成分の影響で、最初の頃は異形の者が閉じ込められていたようだが、私の代になって、ようやく見かけだけは普通の人間と変わりなくなった」

寧々子が言う。

異形のものというと、やはりクリオネのバッカルコーンのような触手が伸びるのだろうか。

また体験したくなり、とうとう平夫は寧々子の濃厚な体臭を感じながら激しく勃起してしまった。すると、それを敏感に察したように寧々子も話を止めて立ち上がり、袴の前紐を解きはじめたのだ。

もう言葉は要らず、平夫も帯を解いて手早く浴衣を脱ぐと全裸になった。

布団に横たわると、寧々子の匂いが悩ましく彼を包み込み、彼女も白い衣を脱ぎ去り、一糸まとわぬ姿になった。

「跨いで……」

仰向けになって言うと、寧々子も頷いて歩を進め、平夫の顔に跨がってしゃがみ込んできた。スラリと長い脚がM字になって張り詰め、熱気と湿り気の籠もる股間が彼の鼻先に迫った。

割れ目からはみ出した陰唇は、すでにヌメヌメと潤い、彼は両手で寧々子の腰を抱えて引き寄せた。

黒々と密集した恥毛に鼻が柔らかく埋まり込み、汗とオシッコの匂いがムレムレになって平夫の鼻腔を悩ましく満たしてきた。

彼は生ぬるく、毒々しいほど濃厚な匂いに噎せ返り、その刺激がペニスに伝わってヒクヒクと上下した。

嗅ぎながら舌を這わせると、トロリとした淡い酸味の愛液が彼の口に流れ込んできた。喉を潤し、襞の入り組む膣口を掻き回し、大きなクリトリスまで舐め上げていくと、

「アアッ……、いい気持ち……」

寧々子がビクッと顔を仰け反らせて喘ぎ、思わずギュッと彼の顔中に割れ目を密着させてきた。平夫は擦られるたび顔中ヌルヌルにされながら必死にクリトリスを吸い、味と匂いを貪った。

さらに彼は尻の真下に潜り込み、顔中に双丘を受け止めながら谷間の蕾に鼻を埋め込んだ。嗅ぐのが少し恐かったが、前と同じ生々しい刺激が籠もり、嫌ではなくむしろ興奮が高まった。

充分に嗅いでから舌を這わせ、息づく襞を濡らしてヌルッと潜り込ませると、

「あう……」

寧々子が呻き、肛門でキュッときつく舌先を締め付けてきた。

平夫は舌を蠢かせ、超美女の前も後ろも心ゆくまで味わった。

ようやく寧々子も気が済んだように股間を引き離し、仰向けの彼の上を移動していった。

そして屈み込むと、長い黒髪で彼の股間を覆い、内部に熱い息を籠もらせながらペニスにしゃぶり付いてきた。

「ああ……」

平夫は快感に喘ぎ、スッポリと根元まで呑み込まれながら、生温かな唾液にまみれた幹をヒクヒク震わせた。

寧々子はモグモグと幹の付け根を濡れた口で丸く締め付けて吸い、長い舌をからませはじめた。すると、また舌先が無数に分かれ、亀頭に触手がからみつく感覚があった。

「き、気持ち良すぎて、いきそう……」

平夫は腰をくねらせて、降参するように口走った。

すると寧々子もチュパッと口を引き離し、見るとごく普通の形良い唇だった。

すぐに彼女が身を起こして前進し、自らの唾液にまみれた先端に割れ目を押し当ててきた。

息を詰め、ゆっくりと亀頭を膣口に受け入れて腰を沈み込ませた。

屹立したペニスは、ヌルヌルッと滑らかな肉襞の摩擦を受けながら根元まで没し、彼女も完全に座り込んで股間を密着させた。

「アア……、いい気持ち……」

寧々子が顔を上向けて喘ぎ、キュッときつく締め付けてきた。しかも膣内にも無数の触手が伸びてペニスにからみつき、それぞれが蠢いて奥へ引き込むような動きをしたのだ。

あるいは名器のミミズ千匹というのは、こういう感覚なのかも知れない。

平夫が懸命に暴発を堪えて息を詰めていると、寧々子が身を重ねて、彼の口に乳首を押し付けてきた。

彼も含んで吸い付き、舌で転がしながら生ぬるい体臭に包まれた。

左右の乳首を順々に吸って顔中に柔らかな膨らみを受けると、さらに彼は寧々子の腋の下にも鼻を潜り込ませ、和毛に籠もった濃厚に甘ったるい汗の匂いを貪った。

やがて彼女が徐々に腰を動かしはじめ、平夫も両手でしがみつきながらズンズンと股間を突き上げはじめた。大量の愛液が溢れて動きが滑らかになり、リズムが一致するとクチュクチュと摩擦音が響いてきた。

充分に体臭を嗅ぐと、寧々子が上からピッタリと唇を重ね、ヌルッと長い舌を潜り込ませ、彼の口の中を隅々まで舐め回した。

平夫は注ぎ込まれる生温かな唾液を味わい、喉を潤しながら舌をからめ、突き上げを速めていった。

2

「ンンッ……！」

寧々子が熱く呻き、平夫の肩に腕を回してシッカリと組み伏せながら腰の動きを激しくさせた。

すると寧々子が口を開き、濃厚に甘酸っぱい息を弾ませながら彼を舐め回し、その舌が長く無数に分かれて顔じゅうを覆い尽くした。

「ああ……」

　また平夫は、顔も股間も美女の生温かく濡れた触手に包み込まれ、膣に入ったような気分になった。呼吸すれば、寧々子の口から吐き出される毒々しいほどの熟した果実臭が鼻腔を刺激し胸に沁み込んでいった。

　たちまち平夫は、もうどんな体位でどこが感じているのかも分からないほど大きな快感に全身を包み込まれ、

「い、いっちゃう……！」

　口走りながらありったけの熱いザーメンをドクドクと勢いよくほとばしらせてしまった。

「いく……、アアーッ……！」

　寧々子も噴出を受け止めると、どこか喘ぎ、膣の中が妖しく蠢動した。

　平夫は身悶えながら、心置きなく最後の一滴まで出し切ると、ようやく満足して身を投げ出していった。

　すると視界が開け、寧々子も通常の人間の姿に戻り、女上位で熟れ肌を波打たせていた。

「ああ、良かった……」

　彼女も声を洩らし、肌の硬直を解いてグッタリともたれかかってきた。

膣内は、もう触手もからみつかず、通常の膣内の収縮が繰り返され、ペニスはヒクヒクと過敏に震えた。

平夫の顔中も超美女の唾液でヌルヌルにまみれ、さらに彼は寧々子の口に鼻を押し込み、誰より濃い息の匂いを嗅ぎながら、うっとりと余韻を味わった。

「何て可愛い。呑み込んで溶かしてしまいたい……」

寧々子が呼吸を整えながら言った。あるいは本当にクリオネのように、頭部が二つに割れ、バッカルコーンが獲物を絡め取って飲み込み、消化してしまう生態を持っているのではないか。

溶かされてしまうのも魅力だが、やはり今後とも多くの快楽を得たかった。

やがて寧々子が股間を引き離し、彼の手を引いて立ち上がった。

どうやらバスルームへ行くようで、一緒に座敷牢を出るのは初めてだった。

渡り廊下を過ぎると、例によって空間が好都合に歪み、すぐそこはバスルームである。

一緒に中に入り、互いの全身を洗い流した。

寧々子でも身体を洗うことがあるのだなと思ったが、考えてみれば当然のことだろう。

もちろん平夫は、この妖しい超美女のオシッコも求めてしまった。

「ね、飲みたい。口に出して……」

言いながら彼女の股間に縋り付くと、寧々子も彼を広い洗い場の床に仰向けにさせ、再び顔を跨いでしゃがみ込んできた。

仰向けだと噎せる心配があったが、それでも流星刀のパワーがあるから大丈夫だろう。

多く語らなくても、寧々子は彼の性癖など見通しているように割れ目を口に押し付け、すぐにも下腹に力を入れて尿意を高めはじめた。

平夫も、匂いの薄れた茂みに鼻を埋め込み、割れ目内部に舌を挿し入れて掻き回した。

「く……、出る……」

寧々子が息を詰めて呻き、柔肉を蠢かせながらチョロチョロと温かなオシッコを漏らしてくれた。

口に受けると味と匂いは濃く、多少の抵抗はあったが、むしろ興奮を高めて喉に流し込んだ。勢いが増すと口から溢れた分が、温かく頬を伝って耳の穴にまで入ってきた。

「ああ……、気持ちいい……」

　寧々子はゆるゆると放尿しながら喘ぎ、やがて全て出し切った。

　平夫も喉を潤し、再び舌を挿し入れて余りの雫をすすった。すると、やはり新たな愛液がヌラヌラと湧き出してきた。

　本当は、このまま胸の上に大きい方まで出してもらいたいところで、寧々子なら苦もなくしてくれそうな気がしたが、やはり恐いし、その一線を越えると別の世界に入ってしまいそうで堪えた。

　やがて寧々子が股間を引き離したので、平夫も身を起こして、もう一度互いの全身を洗い流した。

　そして身体を拭き、全裸のまま屋敷の中央にある座敷牢に戻った。

　すっかりペニスが回復しているので、もう一回射精したら大人しく客間に戻って寝ようと思ったのだ。

「どのように出したい？」

　寧々子も、彼の気持ちを察して自分から言ってくれた。

「お口で……、巫女さんの格好してもらったら、バチ当たりでしょうか……」

「構わない」

恐る恐る言うと寧々子は立ち上がり、白い衣を羽織って手早く朱色の袴を穿いてくれた。前紐を結んで整え、長い黒髪を後ろで引っ詰めると、たちまち清楚で神秘の巫女姿に戻った。

「わあ、綺麗だ……」

平夫は見惚れて言い、自分だけ全裸なので羞恥も興奮に加わった。

そして彼は、しゃぶっている表情が見やすいように、寧々子が使っている座椅子にもたれかかり、脚を投げ出して開いた。

すると彼女は、まず顔を寄せ、平夫の鼻にしゃぶり付いてくれたのだ。

そういえば猿田彦は鼻が長く、それがペニスの象徴だと言われる。まさに彼女は、鼻とペニスの両方をしゃぶってくれるようだ。

「ああ、いい匂い……」

鼻の穴を舐められ、平夫は美しすぎる巫女の口の匂いに酔いしれ、唾液のヌメリに高まった。ペニスは、鼻と連動しているように最大限に膨張してヒクヒクと期待に震えた。

やがて寧々子は充分に彼の鼻の頭と穴を舐めてから、首筋から胸を舐め降り、腹から股間へと舌を移動させていった。

大股開きの真ん中に腹這い、美しく白い顔を股間に寄せ、まずは陰嚢を舐め回し、睾丸を転がして袋を生温かな唾液にまみれさせた。

座椅子に寄りかかっているので、平夫は寧々子の表情と仕草を全て観察することが出来た。

陰嚢を舐め尽くすと、寧々子は肉棒の裏側を舐め上げ、たまにチラと目を上げて彼と視線をからめながら、先端まで舌を移動させてきた。

そしてチロチロと舌先を蠢かせ、尿道口を舐めてから、視線を落としてスッポリと根元まで呑み込んでいった。

「アア……、気持ちいい……」

平夫は快感にうっとりと喘ぎ、超美女の口の中で、唾液にまみれた幹をヒクヒクと上下させた。

彼女が神聖な巫女姿だから、なおさら儀式めいた禁断の興奮が湧き上がった。

「ンン……」

寧々子も先端を喉の奥にヌルッと受け止めながら熱く鼻を鳴らし、モグモグと幹を口で締め付けながら、白い頬をすぼめて強く吸った。熱い鼻息が恥毛をそよがせ、口の中ではクチュクチュと舌がからみついた。

もう触手に分かれることはなく、ごく普通の人間の舌であった。

「い、いきそう……」

平夫は急激に高まり、座椅子にもたれかかりながら小刻みにズンズンと股間を突き上げて絶頂を迫らせた。

彼女も顔を上下させ、濡れた唇でスポスポと摩擦しながら、吸引と舌の蠢きを続行してくれた。

もう限界である。平夫は大きな絶頂の快感に全身を貫かれ、熱い大量のザーメンをほとばしらせてしまった。

「いく……、アアッ……！」

口走ると、彼女も喉の奥に噴出を受け、

「ク……、ンン……」

小さく呻き、なおも激しく吸い付いてくれた。清らかな巫女の口を汚すのは、神をも恐れぬ行為であろう。平夫は激しく胸を震わせながら、寧々子の口の中に全て出しきってしまった。

「ああ……」

やがて満足しながら声を洩らし、平夫はグッタリと硬直を解いて身を投げ出した。寧々子も吸引を止め、亀頭を含んだまま口に溜まったザーメンを一息にゴクリと飲み干した。

口腔が締まり、彼は駄目押しの快感にピクンとペニスを跳ね上げた。

ようやく寧々子もスポと口を引き離し、なおも幹を握って先端を舐め回した。

「あうう……、も、もういいです。ありがとうございました……」

平夫は敏感に幹を震わせ、降参するように言って腰をよじった。

「美味しかった……」

舌を引っ込めた寧々子が顔を上げて言った。まさに捕食された精子が、彼女の胃の中で溶けて吸収されているのだろう。

平夫は余韻の中で思い、いつまでも荒い呼吸を繰り返したのだった。

3

「ごめんね、ずっと放っておいて」

翌朝早くに、帰ってきた宇津美が平夫の部屋に来て言った。

平夫も起きたばかりで、彼女はどうやら友人の家で朝まで過ごし、誰かの車で送られて帰宅したのだろう。

「うん、皆といろいろ話していたから退屈はしていなかったよ」

「そう、良かったわ」

彼が言うと、宇津美も笑顔で答えた。

この屋敷の掟のようで、他の女と交わったことなどは質問も邪推もしないようだった。

「少しは寝たの？」

「ええ、でも明け方まで話が弾んでいたから、眠ったのはほんの一時間ぐらい」

「そう、お酒は？」

「少しだけワインを飲んじゃったわ。でも酔うほどじゃないから大丈夫」

宇津美が言い、まだ浴衣姿の平夫は朝立ちの勢いも手伝って、ムラムラと欲情して来てしまった。

「友だちに僕のこと話した？」

「ええ、みんな体験者だから、やっと私も仲間に入れたの。それより、いつまでいられる？」

彼女が訊く。今日は祭日の月曜だ。明日から普通に授業はあるが、また木曜に祭日。つまり火水と金曜を休んでしまえば九日間のシルバーウイークということになる。

「宇津美はいつ帰る？」

「木曜に帰ろうかと思うの。平夫君もそうする？」

「うん、じゃ木曜に一緒に帰ろう」

平夫は言い、我慢しきれなくなって彼女に迫った。

「ね、脱いで」

「あん……、昨日の朝にシャワー浴びたきりよ。それに歯磨きもしたいし」

宇津美はためらったが、なおさら平夫の勢いは止まらなくなってしまった。

彼は帯を解いて浴衣を脱ぎ去り、先に全裸になってしまうと、彼女のブラウスを脱がせにかかった。

「嫌な匂いしたらどうする？」

「もっと好きになっちゃうよ」

彼が言うと、宇津美も諦めたように途中から自分で脱いでくれた。

内に籠もっていた甘ったるい汗の匂いが解放されて揺らめき、みるみる十九歳になったばかりの肌が露わになっていった。

宇津美がブラを外し、モジモジと最後の一枚を脱ぎ去ると、平夫は期待に勃起しながら布団に仰向けになった。

「ね、ここに座って」

彼は言い、全裸になった宇津美の手を引っ張って下腹に跨がらせた。

「大丈夫？　重くない……？」

彼女もそろそろと座り込み、股間を平夫の下腹に密着させてきた。さらに彼は宇津美を立てた両膝に寄りかからせ、両足首を握って顔に引き寄せ、足裏を乗せさせた。

「あぁッ……、ダメよ、こんなの……」

彼女は息を震わせて言ったが、平夫は美少女の全体重を受けて陶然となり、勃起したペニスでトントンと彼女の腰をノックした。

下腹に密着する割れ目はジワジワと潤いを増し、バランスを取ろうと腰をよじるたびに擦り付けられた。

平夫は両の足裏を顔中に受け止め、舌を這わせながら縮こまった指の股に鼻を割り込ませて嗅いだ。どの指の間も汗と脂にジットリ湿り、生ぬるくムレムレの匂いが濃く沁み付いていた。

彼は胸いっぱいに美少女の足の匂いを嗅いでから爪先をしゃぶり、全ての指の股に舌を潜り込ませて味わった。

「あう……、汚いのに……」

宇津美もビクリと反応して呻き、それでも拒みはしなかった。

両足とも充分にしゃぶってから、平夫は彼女の手を引っ張って前進させた。

宇津美も尻込みしながら彼の顔に跨がり、和式トイレスタイルでしゃがみ込んでくれた。

脚がM字に開かれ、内腿がムッチリと張り詰めた。

濃厚な熱気と湿り気を発する割れ目からは陰唇がはみ出し、僅かに開いて濡れはじめた柔肉が覗いていた。

平夫は腰を抱き寄せ、若草の丘に鼻を埋め込んだ。

柔らかな感触とともに、蒸れた汗の匂いが甘ったるく鼻腔を刺激し、オシッコの匂いもほんのり混じって胸に沁み込んできた。

「いい匂い」

「アア……、そんなはずないわ……」

真下から言うと、宇津美はしゃがみ込んだまま両手で顔を覆って喘いだ。

平夫は何度も深呼吸して美少女の匂いを貪り、舌を挿し入れていった。

中はヌルッとした滑らかな柔肉で、淡い酸味の蜜が満ち、彼は息づく膣口の襞を掻き回し、小粒のクリトリスまで舐め上げた。

「あうう……、き、気持ちいい……」

宇津美も、次第に快感に我を忘れ、思わずギュッと座り込みそうになるたびに懸命に彼の顔の両側で足を踏ん張った。

クリトリスを舐めるたび、新たな愛液がトロトロと溢れ、彼はすすってから白く丸い尻の真下に潜り込んだ。

顔じゅうに双丘を受け止め、谷間の蕾に鼻を埋め込んで嗅ぐと生々しい匂いが鼻腔を刺激し、彼はうっとりと酔いしれながら胸を満たした。

「ああ……、ダメよ、そこは……」

彼女は、恐らく洗浄機のない友人のトイレで大をしたことを思い出したように腰をくねらせて言った。

平夫は何度も嗅いでから舌先でチロチロと襞を舐めて濡らし、ヌルッと潜り込ませると、粘膜からは微かに甘苦いような味覚が感じられた。

「く……」

宇津美は呻きながら、キュッキュッと肛門で舌先を締め付けてきた。

その間も割れ目から溢れる愛液が糸を引いて、彼の鼻先に滴ってきた。

やがて平夫は可憐な美少女の前も後ろも存分に味わい、ナマの味と匂いを堪能したのだった。

「も、もうやめて、変になりそう……」

宇津美が言って股間を引き離し、平夫も舌を引っ込めた。そして彼女を添い寝させ、乳首を押し付けるとチロチロと舐めてくれた。

彼は仰向けになって宇津美の愛撫を受け、彼女も熱い息で肌をくすぐりながら左右の乳首を舐め回し、たまに軽く歯を立てて刺激した。

「ああ、気持ちいい……」

平夫も受け身に徹し、快感に喘いだ。

宇津美も彼の肌を舐め降り、大股開きになった真ん中に腹這い、可憐な顔を寄せてきた。

まずは彼の両脚を浮かせ、自分がされたようにチロチロと肛門を舐めてくれ、濡らしてからヌルッと潜り込ませた。

「あう……」

平夫は呻き、モグモグと肛門を締め付けて美少女の舌先を味わった。

彼女も熱い鼻息で陰嚢をくすぐり、充分に舌を蠢かせてから、脚を下ろして陰嚢にしゃぶり付いてきた。

二つの睾丸を転がしてから、いよいよ肉棒の裏側を舐め上げた。

ソフトクリームでも賞味するように、舌の中程でゆっくり舐め上げ、先端に来ると粘液の滲む尿道口を舐め回し、そのまま丸く開いた口でスッポリと喉の奥まで呑み込んでいった。

「アア……」

平夫は喘ぎ、美少女の温かく濡れた口の中で、唾液にまみれた幹をヒクヒク上下させて悶えた。

宇津美は鼻息で恥毛をくすぐり、笑窪の浮かぶ頬をすぼめて吸い付き、唇をモグモグさせながら舌をからみつけてきた。滑らかな舌の動きにジワジワと快感が高まり、ズンズンと股間を突き上げると、彼女も顔を上下させてスポスポと摩擦してくれた。

「い、いきそう……、上から跨いで入れて……」

平夫が言って手を引っ張ると、宇津美もチュパッと口を離して身を起こし、恐る恐る彼の股間に跨がってきた。

幹に指を添え、唾液に濡れた先端に割れ目を押し当て、位置を定めると息を詰めてゆっくり腰を沈めていった。張りつめた亀頭が潜り込むと、あとは重みとヌメリで滑らかに根元まで受け入れた。

平夫は、ヌルヌルッと肉襞の摩擦を受け、温もりに包まれながら快感を嚙み締めた。宇津美もぺたりと座り込み、完全に股間を密着させてキュッと締め付けてきた。

彼は温もりと感触を味わいながら両手を伸ばして抱き寄せると、宇津美もゆっくり身を重ねてきたのだった。

4

「アア……、中が、熱いわ……」

宇津美が肌を密着させ、息づくような収縮をさせながら呟いた。

「痛くない？」

「ええ、大丈夫……」

彼女が答えると、平夫もまだ動かずに温もりと感触を噛み締め、潜り込むようにして薄桃色の乳首に吸い付いた。

舌で転がしても、やはり宇津美の全神経は股間に集中しているようだ。

平夫は左右の乳首を含んで舐め回し、柔らかな感触を味わった。

腋の下にも鼻を埋め込むと、そこはジットリと生ぬるく湿り、ミルクのように甘ったるい匂いが濃く籠もっていた。

「ああん、汗臭いでしょう……」

宇津美が声を震わせて言い、平夫は美少女の匂いでうっとりと胸を満たした。

そして彼女の顔を引き寄せ、いちばん嗅ぎたかった彼女の開いた口に鼻を押しつけた。

口の中は甘酸っぱい匂いが濃厚に籠もり、悩ましい刺激が鼻腔から胸に心地よく沁み込んできた。昨日の朝に歯磨きした以来だろうから、丸一日放置された美少女の口を嗅げる機会など滅多にないだろう。

「何ていい匂い」

「嘘……、恥ずかしいからダメよ……」

寝不足と寝起きで濃くなった匂いを何度も嗅ぎながら言うと、宇津美は懸命に顔を背けようとしたが、平夫は執拗に唇を重ね、舌を挿し入れた。

「ンン……」

彼女も熱く呻き、チュッと吸い付いてきた。

平夫は美少女の舌を舐め回し、清らかな唾液を貪った。

快感に我慢できず、下からしがみつきながら徐々に股間を突き上げると、何しろ愛液が充分だから、すぐにも動きがヌラヌラと滑らかになっていった。

「ああッ……」

宇津美が口を離して喘ぎ、平夫は濃い果実臭の息を心ゆくまで嗅ぎながら動きを速めていった。すると溢れる蜜がクチュクチュと鳴り、互いの股間がビショビショになってきた。

「大丈夫？」

「ええ、何だか気持ちいい……」

気遣って訊くと宇津美が答え、自分からも腰を動かしてきた。さすがにこの館に生まれ育っただけあり、早くも二回目の挿入で快感が芽生えはじめたのかも知れない。

「唾を飲ませて、いっぱい……」

「ダメよ、汚いから……」

「お願い、どうしても飲みたいんだ。それに顔もヌルヌルにして」

平夫が高まりながらせがむと、宇津美も快感に負けたように言いなりになって懸命に口に唾液を分泌させてくれた。

可愛い唇をすぼめて迫り、白っぽく小泡の多い唾液をトロトロと吐き出すと、彼は舌に受けて生温かな粘液を味わった。

飲み込むと、甘美な悦びが胸いっぱいに広がった。

さらに宇津美の口に鼻を擦りつけると、彼女も厭わず舐め回してくれ、顔じゅうに垂らした唾液を舌で塗り付けてくれた。

「ああ、気持ちいい……」

平夫は美少女の息と唾液の匂いに酔いしれて喘ぎ、顔中ヌルヌルにされながら突き上げを強めていった。

「き、気持ちいいわ……！」

と、宇津美が声を上ずらせて口走り、膣内の収縮を活発にさせた。

平夫も、摩擦とヌメリと、彼女の匂いに包まれて昇り詰めてしまった。

「く……！」

突き上がる快感に呻き、ありったけのザーメンをドクンドクンと脈打つように勢いよく内部にほとばしらせた。

「あ、熱いわ……、アアーッ……！」

噴出を受けた宇津美が喘ぎ、ガクガクと狂おしい痙攣を開始した。

どうやら本格的なオルガスムスに達してしまったようだ。

平夫は心地よく収縮する膣内の摩擦と締め付けの中で、最後の一滴まで出し尽くした。

満足しながら突き上げを弱め、身を投げ出して力を抜いていくと、

「ああ……、これがセックスなのね……」

宇津美も、初めての絶頂に声を震わせながら、力尽きたようにグッタリと彼に体重を預けてきた。

まだ膣内はキュッキュッと締まり、過敏になった幹がヒクヒクと震えた。

平夫は彼女の重みを受け止め、甘酸っぱい息と唾液の匂いを嗅ぎながら、うっとりと快感の余韻を嚙み締めたのだった。

やがて重なったまま呼吸を整えると、ノロノロと宇津美が股間を引き離していった。

「お風呂に行くわ……」

彼女が言って、そのまま身を起こしたので、平夫も立ち上がって支えながら部屋を出た。出れば、すぐそこが風呂場である。そのことを宇津美も自然に受け止めながら一緒に中に入った。

「歯を磨きたいわ……」

「いいけど、歯磨き粉を付けないで」

言うと、宇津美は洗面所の自分の歯ブラシだけ持ってバスルームに入った。

シャワーの湯で互いの全身を洗い流すと、ようやく彼女もほっとしたように椅子に座り、何も付けずに歯を磨いた。

念入りに磨き終えて口をすすごうとする前に、平夫は唇を重ね、歯垢混じりの唾液をすすってしまった。

「ウ……」

必死に嫌々をしたが、彼は生温かな大量の唾液を飲み込み、なおも美少女の口の中を舐め回した。

「もうダメよ……、変態ね……」

ようやく宇津美は顔を離して言い、シャワーの湯で口をすすいだ。もちろん怒っているわけでなく、幼児の悪戯を叱るような口調だった。

「ね、ここに立って」

もちろん平夫は例のものを求め、自分は床に座ったまま目の前に宇津美を立たせた。

片方の足を浮かせてバスタブのふちに乗せ、開いた股間に顔を埋めた。

「オシッコしてみて」

「ええっ、そんなこと無理よ……」

「どうしても欲しい。少しでいいから」

湯に濡れた茂みに鼻をこすりつけて言ったが、もう大部分の濃かった匂いは薄れてしまっていた。それでも舌を挿し入れると、新たな淡い酸味のヌメリが溢れてきた。

「アア……、無理よ。でも吸わないで、出ちゃうかも知れない……」

宇津美が言い、する気になってくれたかと思い彼は夢中で吸い付いた。

すると、すぐにも柔肉が丸く迫り出し、味わいと温もりが変わり、ポタポタと温かな雫が滴ってきた。

「ああ……、ダメ……、離れて……」

彼女は切れぎれに言いながらも、次第にチョロチョロと勢いをつけて放尿しはじめてしまった。

これも寝不足のせいか味と匂いが濃く、悩ましい刺激に彼は酔いしれた。

口に受け止めて喉に流し込むと、悦びと感激が胸いっぱいに広がった。

しかし、あまり溜まっていなかったようで、一瞬勢いが増したかと思ったら、すぐにも治まってしまった。

平夫は残り香を感じながら割れ目内部を舐め、余りの雫をすすった。

「も、もうダメよ……」

宇津美が言って足を下ろし、彼の顔を突き放しながらクタクタと座り込んでしまった。平夫もすっかり満足し、彼女を抱き留めながら、もう一度互いの全身をシャワーで洗い流した。

「胸の上に大きい方は出せる？」

「そ、それだけは絶対にイヤ……」

試しに言ってみたが、やはり宇津美は必死にかぶりを振って答えたので、彼も仕方なく諦めることにした。

やがて立ち上がり、身体を拭いた。

「眠いわ……」

「うん、ゆっくり休むといいよ」

部屋に戻ると宇津美が言い、ノロノロと服を着て、自分の部屋へ戻っていってしまった。

平夫もバスルームでの行為にすっかり回復してしまったが、一人でするのも勿体ないし、二度寝する気もなかった。

何とか勃起を鎮めて着替えて食堂へ行くと、五十鈴と秋枝がいたので一緒に朝食を摂《と》った。

すると珍しく、冬美も出て来て座ったのだった。

5

「朝練をしているので、これから様子を見に行くの。一緒に来ない？」

冬美に言われ、宇津美も寝てしまったので平夫は行くことにした。

やがて朝食を済ませ、少し休憩してから彼は冬美と一緒に屋敷を出た。

前は稽古着姿で走って帰ってきたが、今日は普段着に自転車で行くらしい。

「漕いで」

言って冬美が荷台に跨がったので、彼はサドルに腰掛けてハンドルを握った。

「その道をずっと真っ直ぐ」

後ろから冬美が言い、彼の腹に両手を回してきた。

平夫はスタートし、ゆるい坂道を下った。背中には冬美の胸の膨らみが密着して、時に肩越しに髪や息の匂いもほんのり感じられた。

「さすがにパワーを秘めていて速いわ。そこを左に」

かなりスピードを上げても、彼の力を信用しているように恐がりもせず冬美が指示した。

山道を抜けると舗装道路に出たが、相変わらず周囲は緑一色で、人家もない。

やがて三十分余りで目的地に着いた。

女子大の剣道場かと思っていたが、来てみたらそれは、住宅地の外れにある町道場だった。

どうやら選手の一人の家が、道場を経営しているらしい。中では、竹刀の交わる乾いた音と可憐な掛け声が響いてきた。

中に入ると、五人の部員が稽古中だった。みな白い防具と稽古着に袴、胴だけ赤だった。二組が稽古をし、残る一人は休憩中である。

冬美が入っていくと、みな一斉に稽古を止めて一礼し、怪訝そうに平夫を見ていた。

平夫も、正面の神棚に一礼し、冬美と一緒に道場に上がり込んだ。

「天野先輩、そちらは？」

一人が息を切らしながら訊いてきた。道場内には、五人の女子大生の甘ったるい汗の匂いが濃厚に立ち籠めていた。

「猿田平夫。旅行でうちに滞在しているのよ。稽古をつけてもらって」

「剣道できるんですか」

冬美が言うと、五人は面金《めんがね》の中で驚いているようだ。平夫の見た目は華奢で色白、手足も細い文系タイプである。

と、冬美が一振りの竹刀を彼に渡し、皆に言った。

「五人がかりで一斉に攻撃して。少しでも彼に竹刀が当たれば褒めてあげるわ。でも一本取られたら離脱して」

「何ですって、五人で……？」

「そうよ、手加減しないで。彼は防具無しだけど遠慮なく」

「そんな……」

五人は絶句したが、見物する冬美の表情は真剣そのものだ。そして平夫も、竹刀を持ってスタスタと中央に進んで身構えた。

「どうぞ」

一礼して言うと、五人もやる気になったらしく、一斉に彼を取り囲んで切っ先を向けてきた。まさに平夫は、五芒星の中心に立ったのだ。

もちろん平夫は負ける気がしなかった。

流星刀のパワーをもらった彼にとって、囲んでいる五人は、ビニールで出来た玩具の刀を持った幼児たちに等しい。

試しに、正面の一人が間合いを詰めてきた。彼の技量が分からないので、仕掛けて様子を見るようで、まだ他の子も背後から攻撃するようなことはしてこなかった。

この五人は、恐らく団体戦に出る二年と三年生の精鋭なのだろう。

しかし一人目が軽く平夫の切っ先に竹刀を当ててきた瞬間、彼は素早く飛び込んで面を奪っていた。

「ヒッ……！」

打たれた子が息を呑んで硬直し、離脱する前に右側の子が小手に打ち込んできた。回転させて横面。残る三人はあまりに素早い動きについてゆけず、自棄になったように遮二無二打ちかかってきた。

しかし、連中の竹刀が彼に触れることはなかった。

さらに小手と抜き胴。四人が呆然としながら離脱し、残るは一人。

「怜子《れいこ》さん、頑張って！」

先に負けた四人が声援を上げる。どうやら怜子というのが、この道場の娘であり、冬美の次に主将になった三年生のようだった。

面金の奥の目が鋭い。恐らく、幼い頃から自宅の道場で鍛えられてきたのだろう。怜子は構え直し、相手が防具無しと知っていても闘志を燃やし、渾身の力で捨て身の突きを見舞ってきたのだ。

左手一本で腕と竹刀の長さを充分に使い、切っ先が平夫の喉元に迫った。

しかしそれは寸前で左にそれ、同時に彼の放った突きが怜子の喉に炸裂していたのだった。

「ク……！」

怜子は仰け反り、竹刀を落として仰向けに倒れた。さすがに床で後頭部を打つことはしなかったが、背を強打してしばし立ち上がれないようだ。

「ごめんね。大丈夫？」

平夫は駆け寄って抱き起こすと、甘ったるい濃厚な汗の匂いと、面金の間から弾む息の果実臭が感じられた。

「それまで」

冬美が言い、平夫も竹刀を返した。

「冬美さんも戦って下さい」

「私は前にやろうとしたけど、絶対敵わないので止めたのよ」

「そんなあ、冬美さんより強いなら最初から言って下さい……」

二年生たちが座り込み、息を切らして言った。

やがて、これで朝練も終えたようで、全員は面小手を脱いで整列し、神前に一礼した。

面を脱ぐと、みな実に整った顔立ちではないか。可憐なだけでなく、凛とした表情が実に魅惑的で、特に主将の怜子はショートカットで、まだ負けたことが口惜しいのか、唇を引き締めていた。

五人は防具を隅にある棚にしまい、白い稽古着姿で更衣室に入っていった。

「来て」

冬美が彼に言い、一緒にあとから更衣室に入った。

「キャッ……」

平夫が入ってきたので、着替えの最中だった連中が声を上げた。

中は八畳ほどの畳敷きで、女子更衣室らしく中には生ぬるく濃厚な女だけの汗の匂いが充満していた。

その強烈な体臭に、平夫は激しく勃起してしまった。

「聞いて。彼は絶大なパワーを持っているの。特にザーメンは無限のパワーを秘めているから吸収したらいいわ。長く男にも触れていないのでしょう」

冬美が、信じられないことを言い出した。

しかし五人は一様に目を輝かせ、舌なめずりするように平夫を見つめてきたではないか。

どうやら冬美は連中の欲求を把握し、平夫の神秘のパワーを分け与えようという意図のようだった。彼女たちも、冬美の気に圧倒され、洗脳されるように急激に淫気を催したようだ。

「二年生の四人は、すでに高校生の頃からセックス体験しているわ」

冬美が平夫に言った。

「でも怜子だけは処女。どうか脱いで、みんなに気を分けてあげて」

「ええ……」

平夫は、六人もの女性の前で興奮を高め、服を脱いでいった。

すると一人が、仮眠用に使うらしいマットと空気枕を用意して部屋の中央に置いた。

今日は、怜子の親たちは留守らしい。

やがて彼女たちもためらいなく汗に濡れた稽古着と袴を脱ぎ去って行き、先に全裸になった平夫は仰向けになった。

「すごい、こんなに勃《た》ってる……」

「とっても綺麗な色」

四人が、張り詰めて光沢ある亀頭を見下ろして口々に言った。最も真面目らしい処女の怜子も、目を輝かせてペニスに視線を落としていた。

やがて四人が全裸になって彼を取り囲んだが、冬美は着衣のまま、そして怜子も稽古着のまま見物に回った。

四人が取り囲んでいるので、今は混雑しているから後に回ろうというのかも知れない。そして冬美も怜子も、全員がこの状況を不快に思わず、身を乗り出す形で彼を見下ろしているのだった。

「入れるのは、試しにちょっとだけでいいかも」

「そうね、中出しされたら困るから」

「お口でならいいわ。パワーをもらうなら」

「でも、あんなに強いと思えない細い身体ね……」

四人がヒソヒソと言い合い、平夫は濃厚な匂いに包まれながら、勃起したペニスをヒクヒクさせた。

すると四人は、みな四方から屈み込んで彼に触れはじめたのだった。

第五章　四人を相手に

1

「でも触ったら、すぐ済んじゃいそう……」

「大丈夫でしょう。冬美さんは絶大なパワーがあるって言ってたから、何度でも出来るのよ、きっと」

彼女たち四人は言い、平夫の身体を撫で回していたが、とうとう代わる代わるペニスに触れてきた。

「ああ……、気持ちいい……」

平夫は順々に握られ、快感に喘いだ。みな触れ方が微妙に異なり、予想もつかない部分から撫でられたりされてヒクヒクと幹を震わせた。

「平夫くんだっけ、いくつ？」

「十八、一年生です」

「わあ、私たちより年下なのね。可愛いわ」

四人は言い、健康的なオッパイを弾ませながら濃厚な匂いを漂わせた。

「ね、舐めたいから順々に跨いで」

「まあ、いいの？」

「先に、足の指も嗅ぎたい」

「すっごく臭いかも知れないのに、そんなところ嗅ぎたいの？」

みな淫気と好奇心を湧かせ、やがて順々に立ち上がって彼の顔に足を乗せてきてくれた。

平夫は生温かな足裏を顔に受け、指の股に鼻を押しつけ、汗と脂にジットリ湿りムレムレになった匂いを貪った。

そして舌を這わせ、指の股を舐めてやると、

「あん、くすぐったいわ……、汚いのに平気なの……？」

彼女がガクガクと膝を震わせて喘ぎ、彼が両足とも貪ると、順々に足を交代さ

せてきた。

みな似たような匂いだが、微妙に味わいも異なり、それぞれに悩ましかった。

やがて四人とも味と匂いを貪り尽くすと、一人目が顔に跨がってきた。

誰もさすがに引き締まった肉体をしており、しゃがみ込むと一気に股間が鼻先に迫ってきた。

ぷっくりと丸みを帯びた割れ目からは、ピンクの花びらがはみ出し、僅かに開いて柔肉とクリトリスが覗いていた。

平夫は茂みに鼻を埋め込み、濃厚な汗とオシッコの匂いを嗅ぎながら舌を挿し入れ、膣口からクリトリスまで舐め上げていった。

「アアッ……、恥ずかしいけど、いい気持ち……」

彼女が熱く喘ぎ、ヌラヌラと愛液を漏らしてきた。

平夫は味と匂いを堪能してから尻の真下に潜り込み、可憐な蕾に鼻を埋めて秘めやかな匂いを嗅いで、舌を這わせた。

「あう……、そんなところまで……」

ヌルッと潜り込ませて粘膜を味わうと、彼女は呻いて肛門を締め付けてきた。

「もう交代よ」

次の子が言って、彼女をどかせて跨がり、しゃがみ込んできた。

そして平夫は同じようにナマの匂いを貪り、割れ目と肛門を舐め、溢れる愛液をすすって酔いしれたのだった。

終えた子は彼のペニスにしゃぶり付き、たっぷりと唾液に濡らしてから女上位で挿入してくる子もいた。

「ああッ……、すごいわ。本当にパワーをもらえそう……」

一人目が密着させた股間をグリグリ擦りつけ、きつく締め付けながら喘いだ。

「私も入れるわ。今日はデートなんだけど、その前に少しだけ」

次の子が言うと、また入れ替わってきつい膣内にヌルヌルッとペニスを納めてきた。

「く……」

平夫は快感に呻きながら、何とか四人分の割れ目と肛門を舐め回し、すっかり味と匂いに酔いしれた。あまりの数に圧倒され、贅沢な快感や状況を味わう前に実に慌ただしかった。

四人とも汗に湿った恥毛には悩ましく濃厚な匂いが沁み付き、愛液も多く、肛門も生々しい匂いを籠もらせて彼を高まらせた。

そして四人も、順々に挿入しては離れ、もうペニスは誰の愛液にまみれているのかも分からないほどヌルヌルになり、いよいよ彼も限界が迫ってきた。

そんな様子を、冬美と怜子が身を寄せ合い、息を詰めて見つめていた。

「ね、お口に出して。四人で分けて飲んであげる」

一人が平夫に言った。

「その前に、もっとしてみたいことある？」

「オッパイ吸いたい」

「いいわ」

言うと彼女が屈み込み、ピンクの乳首を含ませてくれた。

平夫は舌で転がし、甘ったるい汗の匂いに包まれながら顔中で張りのある膨らみを味わった。

両の乳首を舐め、腋の下にも鼻を埋めると、さらに濃厚な体臭が生ぬるく鼻腔を満たしてきた。また四人が順々に左右の乳首を含ませ、彼は全て舐め尽くし、ミルクに似た汗の匂いに噎せ返った。

「ね、唾飲みたい」

「変わった子ね。キスじゃダメなの？」

せがむと彼女が答え、愛らしい口をすぼめて口に唾液を溜め、トロトロと吐き出してくれた。平夫が舌に受けると、他の子たちも取り囲んで、同じようにグジューッと注いできた。

彼は四人分もの、小泡の多い生温かな唾液を味わい、うっとりと飲み込んで喉を潤した。

四人は順番に唇を重ね、クチュクチュと舌をからめてくれた。

四人分の吐息も、みな熱く湿り気があり、基本は甘酸っぱい果実臭だが、微妙にオニオン臭やガーリック臭、プラーク臭などが入り交じっている子もいて、それぞれに刺激的で興奮をそそった。

「ああ、いい匂い……」

「本当?」

平夫が言うと、四人もことさらに熱い息を吐きかけてくれ、さらに彼の顔中にも舌を這わせてくれた。たちまち顔中が四人分のミックス唾液でヌルヌルにまみれ、彼は唾液と吐息の匂いの渦の中で激しく高まった。

すると彼の高まりを察したように、まず二人がペニスに移動し、一緒になって幹や陰嚢、亀頭を舐め回してきた。

そして交互に深々と含み、吸い付きながらスポンと引き離すと、もう一人が同じように呑み込んで吸い付いた。

口の中の感触や舌の蠢きも、やはり微妙に異なっていた。

平夫と同時に舌をからめていた二人も、彼が充分にミックス唾液と吐息を堪能すると、やがてペニスに顔を向けていった。

今度は四人が彼の股間に熱い息を混じらせ、順番に亀頭をしゃぶり、吸い付いてきた。

もう限界である。平夫は溶けてしまいそうに大きな快感に全身を包み込まれ、昇り詰めてしまった。

「い、いく……、アアッ……！」

喘ぎながら、ありったけの熱いザーメンをドクンドクンと勢いよくほとばしらせると、

「ク……、ンン……」

ちょうど含んでいた子が喉を直撃されて呻き、第一撃をゴクリと飲み干して口を離した。すかさず次の子がしゃぶり付いて噴出を受け止め、さらに三人目が最後の一滴まで吸い出してくれた。

四人目は、幹をしごくように握って、尿道口に脹らんでくる余りの雫を舐め回した。

「あうう……、も、もういい……」

平夫は過敏に幹を震わせ、降参するように腰をよじって呻いた。

すると、ようやく最後の子も舌を引っ込めてくれた。

「濃いわ。本当に力をもらえる感じ……」

四人は顔を上げて言い、ヌラリと淫らに舌なめずりした。

それにしても、四人の女子大生を相手に一回しか射精しないというのも勿体ない話だった。一人ずつ会えば丸四日間楽しめるのである。

やがて四人は更衣室の隣にあるバスルームへと移動し、身体を流して身繕いをした。

「じゃ、今日はお先に失礼します」

四人は冬美に言うと、まだ全裸で仰向けの平夫を名残惜しげに見てから道場を出ていった。

平夫は横になったまま、残っている冬美と怜子を見ると、二人はピッタリと寄り添っていた。今の光景に怜子は頬を上気させ、まるで稽古を終えたばかりのように熱く息を弾ませている。

どうやらこの二人は、女同士で戯れることもある仲のようで、それで怜子が今も処女のままでいる理由なのかも知れない。

「さあ、今度は私たちの番よ。私がついているから恐くないでしょう。さあ脱ぎなさい」

冬美が言って、自分から服を脱ぎはじめて言った。すると怜子も意を決して、白い稽古着と袴を脱ぎ去った。

(四人相手の次は、二人相手か……)

それを見て、射精したばかりの平大も新たな期待に胸を高鳴らせたのだった。

2

「まず、四人がしたのと同じことをしてみましょう」

冬美が、逞しく引き締まった肢体を露わにして言った。怜子の身体も同じようで、腹筋の段々が艶めかしかった。

二人は仰向けの平大の顔の左右にすっくと立ち、互いに身体を支え合いながら片方の足を浮かせて彼の顔に乗せてきた。

「ああ……」

平夫は、二人分の足裏を同時に顔に受け止めて興奮に喘いだ。

怜子は稽古直後だから皆と同じぐらい蒸れた匂いが沁み付いているが、冬美もそれなりに悩ましい匂いを籠もらせていた。

「ああ、変な感じ……、自分より強い人を踏むなんて……」

怜子が言い、平夫は二人の指の股に鼻を埋め込み、蒸れた匂いを貪った。

もう四人もの味と匂いを知った直後だが、やはり美貌の点でも、この二人は図抜けているので新たな淫気が湧いた。

それに四人を相手に賑やかにするより、最も気品ある二人を相手の方が集中できた。

平夫が二人分の匂いを吸収し、足裏と指の股を舐めると二人は足を交代させ、彼はそちらの新鮮な味と匂いも心ゆくまで堪能した。

「いい？　私が先に舐めてもらうから、次に同じようにしてもらって」

冬美が言うと、仰向けの平夫の顔に跨がり、和式トイレスタイルでゆっくりしゃがみ込んできた。

脚がM字になってムッチリと内腿が張り詰め、割れ目が鼻先に迫った。はみ出した陰唇は、すでに蜜を宿してヌメヌメと潤い、大きなクリトリスもツンと覗いて光沢を放っていた。

引き寄せる前に、冬美が自分から彼の顔に股間を密着させてきた。

柔らかな茂みに鼻を埋めると、汗とオシッコの匂いが悩ましく籠もり、嗅ぐたびに鼻腔が刺激された。

舌を這わせると内部は淡い酸味のヌメリが満ち、彼は膣口の襞をクチュクチュ掻き回し、大きなクリトリスまで舐め上げ、チュッと吸い付いた。

「アア……、いい気持ち……」

冬美が喘ぎ、さらに平夫は尻の真下に潜り込んで谷間の蕾に鼻を埋め込んで嗅いだ。今日も悩ましい匂いが生ぬるく籠もり、彼は充分に貪ってから舌を這わせて濡らし、ヌルッと潜り込ませた。

「く……」

彼女は呻き、キュッと肛門で舌先を締め付けてきた。

そんな様子を、怜子が息を詰めて見守っていた。

やがて冬美の前と後ろを充分に舐めると、彼女は腰を上げて場所を空けた。

すると怜子が、恐る恐る跨がり、彼の顔にしゃがみ込んできた。きめ細かな白い内腿が量感を増し、無垢な割れ目が迫った。

平夫にとっては二人目の処女である。

茂みは薄い方で、割れ目からはみ出した陰唇を指で広げると、

「あ……」

触れられた怜子が小さく声を洩らし、ビクリと下腹を波打たせた。

剣道は気丈だが、色事は好奇心より羞恥の方が大きいようだ。

ピンクの柔肉がうっすらと濡れ、無垢な膣口が襞を震わせ、小さな尿道口も見えた。包皮の下から顔を覗かせるクリトリスは、ほぼ宇津美と同じぐらい小粒である。

腰を抱き寄せて恥毛に鼻を押しつけると、やはり甘ったるい汗の匂いが濃厚に籠もり、ほのかな残尿臭と、淡いチーズ臭が入り交じって悩ましく鼻腔を刺激してきた。

「いい匂い」

「アア、恥ずかしい……」

真下から言うと、怜子は声を震わせて言い、しゃがみ込んだまま両手で顔を

覆った。舌を這わせ、内部を探りながらクリトリスを舐めると、

「ああッ……！」

怜子がビクッと反応し、新たな愛液を溢れさせてきた。

恐らく冬美と女同士で戯れ、すっかり刺激に濡れやすくなっているのだろう。

ヌメリはやはり淡い酸味を含み、すぐにも舌の動きがヌラヌラと滑らかになっていった。

平夫は尻の真下に移動し、顔中に白く丸い尻を受け止めながら、谷間でキュッと閉じられているピンクの蕾に鼻を埋め込んで嗅いだ。

しかし汗の匂いが大部分で、秘めやかな微香はほんの僅かだった。

舌先でチロチロとくすぐるように舐めて襞を濡らし、ヌルッと潜り込ませて粘膜を味わうと、

「く……！」

怜子が呻き、肛門でキュッときつく締め付けてきた。

平夫が内部で舌を蠢かせ、二人分の前と後ろを味わうと、やがて冬美に促されて怜子も股間を引き離した。

「気持ち良かったでしょう？」

「よく分からないわ。恥ずかしくて……」

冬美に言われ、怜子が息を弾ませて答えた。二人は仰向けの彼の左右に添い寝し、冬美がリードした。

「縦に半分ずつ食べましょうね。同じようにして」

冬美が言って、平夫の左の乳首にチュッと吸い付くと、怜子も同じように屈み込み、右の乳首に吸い付いてきた。

それぞれの息が熱く肌をくすぐり、チロチロと乳首に舌が這い回った。

「噛むと悦ぶのよ」

冬美が言ってキュッと歯を立てると、怜子も恐る恐るそれに倣《なら》った。

「あうう……、もっと強く、冬美さんじゃなく怜子さんの方……」

最初から冬美は強く噛んでいるので、平夫が言うと怜子もやや力を込めて乳首を噛んでくれた。

甘美な刺激に身悶えると、やがて先に冬美が、少し遅れて怜子が彼の肌を舐め降りていった。

そして二人は彼の脇腹や下腹にも歯を食い込ませ、股間を避けて太腿から脚を舐め降りていった。まさかと思ったが、二人はためらいなく彼の足裏にも舌を這わせてきたのである。

そして爪先をしゃぶり、二人は自分がされたように、順々に平夫の足指の間に舌を割り込ませてきたのだった。

「く……、いいですよ、そんなことしなくて……」

彼は呻いて言い、温かな泥濘でも踏んでいるような感触を味わい、申し訳ない気持ちで二人の舌を指で挟み付けた。

もちろん二人は彼を感じさせているのではなく、賞味しているのだろう。

冬美は夢中になって愛撫してくれ、怜子も嫌々ではなく、冬美の言いなりになってためらいなく舌を割り込ませた。

しゃぶり尽くすと、二人は彼の脚の内側を舐め上げ、内腿にもキュッと歯を立て、頬を寄せ合って股間に迫ってきた。

すると先に冬美が彼の脚を浮かせ、尻の谷間を舐め回し、ヌルッと肛門に舌を潜り込ませた。

「あう……」

平夫も呻きながら、モグモグと味わうように冬美の舌先を肛門で締め付けた。

彼女が舌を離すと、すぐに怜子も同じように舐め回し、舌を潜り込ませてきた。

冬美の唾液がついていれば、嫌ではないようだ。

平夫は午前中、宇津美としたあとシャワーを浴びているから通常の状態よりは清潔であろう。

怜子も舌を蠢かせ、彼は肛門で締め付け、清らかで滑らかな感触を味わった。

やがて怜子が舌を離すと、冬美は彼の脚を下ろし、陰嚢に迫った。

「これが男の急所よ。玉が二つ入っていて、精子を作っているの」

大股開きにさせた真ん中で冬美が言い、怜子も熱い視線を注いできた。

そして二人は顔を寄せ合い、同時に陰嚢を舐め回し、それぞれの睾丸を転がして優しく吸い付いた。

袋全体が二人分の唾液にヌラヌラと温かくまみれ、股間に混じり合った息が熱く籠もった。

顔を上げると、二人はいよいよペニスに迫ってきた。

四人に口内発射したばかりだが、ペニスはすっかり回復していた。

さらに冬美が指で完全に包皮を剝き、ツヤツヤと張りつめた亀頭を完全に露出させた。

「美味しそうでしょう?」

「入るのかしら、こんな太いものが……」

「ええ、先に舐めて濡らせば楽に入るわ」

二人がヒソヒソと彼の股間で話し合い、同時に幹を舐めはじめた。

裏側と側面に女子大生たちの舌が這い、ゆっくりと先端に向かってきた。

一本のキャンディを姉妹で舐めているようで、とうとう亀頭に辿り着くと、先に冬美が舌先で尿道口から滲む粘液を舐め取った。

そして亀頭をくわえてしゃぶり付き、スポンと離すと、怜子も恐る恐る先端に舌を這わせてきたのだった。

3

「アア……、き、気持ちいい……」

平夫は快感に喘ぎ、ヒクヒクと幹を震わせた。

股間に二人の息が混じり合い、さらに二人が同時に先端を舐め、たちまち亀頭は二人分の唾液にまみれた。

女同士でも、互いの舌が触れ合っても気にならないようで、いつしか交互に深々と含んでは吸い付いてチュパッと離した。

「い、いきそう……」

強烈なダブルフェラに高まり、平夫は降参するように言った。

するとようやく二人も口を引き離すと、左右から彼を挟むように添い寝して肌をくっつけてきた。

「吸って……」

冬美が言ってオッパイを彼の顔に押しつけると、反対側から怜子も同じようにしてきた。

それぞれの乳首を含んで舐め回し、顔中に柔らかな膨らみを感じながら、平夫は混じり合った甘ったるい体臭に噎せ返った。そして二人分の両の乳首を味わうと、平夫は腋の下にも鼻を埋め、それぞれの濃厚な汗の匂いで胸を満たしたのだった。

すると冬美が身を起こし、ペニスに跨がってきた。

「いい？　先にするからよく見ていて」

彼女が言って、先端に割れ目を押し付け、ゆっくり膣口に受け入れながら腰を沈み込ませていった。ヌルヌルッと滑らかに根元まで納める様子を、怜子が息を詰めて覗き込んでいた。

「アアッ……、いい気持ち……!」

冬美が顔を仰け反らせて喘ぎ、キュッと締め付けてきた。

平夫も股間に彼女の温もりと重みを受け止めながら、肉襞の摩擦とヌメリに包まれて快感を高めた。

冬美が何度かグリグリと股間を擦りつけ、彼の胸に両手を突っ張って上体を反らせながら、やがて上下運動を開始した。時にはスクワットするように両膝を立て、激しく出し入れさせ先端で奥深い部分を突かせた。

たちまち溢れる愛液にピチャクチャと淫らに湿った音が響き、膣内の収縮が活発になっていった。

平夫は、次も控えていることだから懸命に堪えた。もっともパワーがあるからここで射精しても、すぐ回復するだろうが、やはり処女相手はじっくりと万全の体勢になっていたい。

すると先に、冬美がオルガスムスに達してしまった。

「い、いく……、いいわ、アアーッ……!」

声を上ずらせて喘ぎ、ガクガクと狂おしい痙攣を開始した。平夫も膣内の収縮を堪え、何とか彼女がグッタリとなるまで保つことが出来た。

「ああ……」

冬美はすっかり満足したように硬直を解き、声を洩らしながら力を抜いてもたれかかってきた。

そして荒い呼吸を繰り返しながら股間を引き離し、ゴロリと横になって怜子のために場所を空けたのだった。

「さあ、今みたいにしてみて……。男を知ると変わるわ。それに彼のパワーをもらって強くなるから……」

冬美が言うと、強くなるという言葉に引かれたのか、怜子も意を決して彼の股間に跨がってきた。冬美の愛液にネットリとまみれた先端に、割れ目を押し付けて膣口に受け入れた。

そろそろと座り込むと、張りつめた亀頭が滑らかに潜り込み、処女膜を丸く押し広げた。

「アアッ……！」

怜子は喘ぎ、あとは重みとヌメリに任せ、ヌルヌルッと根元まで納めた。

平夫も、さすがにきつく狭い膣内に包み込まれ、熱いほどの温もりを感じて暴発を堪えた。

彼女はぺたりと座り込み、しばし硬直していたが、やがて上体を起こしていられなくなったように身を重ねてきた。

平夫が抱き寄せ、まだ動かずに唇を求めた。

顔を引き寄せ、可憐な唇に密着すると、心地よい感触と、息と唾液の匂いがほんのり鼻腔をくすぐってきた。

すると何と、余韻に浸って添い寝していた冬美も、一緒になって唇を割り込ませてきたのである。

平夫は、二人分の唇を同時に味わい、生温かな唾液に濡れた舌を交互に舐め回した。混じり合った息は甘酸っぱい濃厚な果実臭で、その刺激が鼻腔を満たし、悩ましく胸に沁み込んできた。

しかも冬美も怜子も、さっき平夫が四人を相手にしたのを見ていたから、彼が好むと思い、ことさら多めの唾液をトロトロと吐き出してくれたのである。

彼は小泡の多い生温かなミックス唾液を心ゆくまで味わい、うっとりと喉を潤した。

「顔も舐めて……」

囁くと、先に冬美がヌラヌラと大胆に舌を這わせてくれ、すぐに怜子もそれに倣った。二人は彼の両の鼻の穴を舐め、左右の頬から瞼まで、吐き出した唾液を舌で塗り付けてくれた。

平夫は舌のヌメリと、それぞれの唾液と吐息の匂いに包まれて高まり、とうとう小刻みにズンズンと股間を突き上げはじめた。

「アア……」

怜子が微かに眉をひそめて喘いだが、愛液が多いので、すぐに律動は滑らかになっていった。

まして宇津美より年上で、三年生の二十一歳なのだから破瓜の痛みよりも、ようやく初体験したという感慨の方が大きいだろう。

平夫も動きが止まらなくなり、快感に包まれながら次第に突き上げを激しくさせてしまった。

さすがに怜子も、長い過酷な稽古に明け暮れていたから痛みには強いようで、徐々に突き上げに合わせて腰を動かしはじめてきたではないか。

「大丈夫?」

「ええ……」

冬美が囁くと、怜子も小さく答え、湿った摩擦音を激しくさせていった。
もう平夫も限界が来てしまった。それに初回から彼女が昇り詰めるわけもない
から、長く保つ必要もないだろう。
彼も充分に処女の感触と、二人分の匂いを堪能したので、一気にフィニッシュ
を目指してしまった。
「く……！」
たちまち大きな絶頂の快感に全身を貫かれ、平夫は呻きながら熱い大量のザー
メンをドクドクと勢いよく柔肉の奥にほとばしらせてしまった。
「ああ……、熱いわ、感じる……」
噴出を受け止めながら怜子が言い、キュッキュッと心地よく締め付けてきた。
あるいは冬美との戯れの中で、指か、何か器具の挿入でも経験していたのかも
知れない。
思いがけなくオルガスムスに近い反応と収縮を感じ、平夫は新たな快感の中で
股間を突き上げ、心置きなく最後の一滴まで出し尽くしてしまった。
すっかり満足しながら徐々に突き上げを弱めてゆき、力を脱いで身を投げ出し
ていくと、

「アア……」

怜子も声を洩らして肌の強ばりを解き、グッタリと体重をかけて覆いかぶさってきたのだった。

きつく収縮が繰り返される膣内で、彼自身は断末魔のようにヒクヒクと過敏に跳ね上がり、そのたびに怜子もキュッと締め付けてきた。

そして平夫は怜子と冬美、二人分の甘酸っぱい息を胸いっぱいに嗅ぎながら、うっとりと快感の余韻を噛み締めたのだった。

「どうだった？　痛くないかしら」

「ええ……、奥が熱くて、何だか気持ち良かったです……」

冬美が聞くと、怜子は自身の感覚を探るように答え、やがてそろそろと股間を引き離していった。

すると冬美が彼女の股間に顔を寄せ、ティッシュで拭いてやった。

「ほんの少し出血したけど、大したことないわね……」

冬美は言って、愛液とザーメンに濡れたペニスも拭き清めてくれた。

そして呼吸を整えると、三人で起き上がり、隣にあるバスルームに移動したのだった。

中は、まだ四人分の匂いが甘ったるく残っており、冬美がシャワーの湯で皆の身体を洗い流した。もちろん平夫は、またムクムクと回復して、新たな刺激を求めてしまったのだった。

4

「ね、ここに立って跨いで」

平夫はバスルームの床に座って言い、二人を左右に立たせ、股間を向けさせてそれぞれの肩を跨がせた。

「オシッコして」

「まあ……」

言うと怜子がビクリと身じろいだが、冬美が下腹に力を入れはじめたのを見ると、慌てて自分も尿意を高めるよう努めた。

平夫は顔を左右に向け、それぞれの茂みに鼻を埋めて嗅ぎ、割れ目内部を舐め回した。処女を失ったばかりの怜子の柔肉は、もう出血もなく、新たな愛液が溢れて淡い酸味のヌメリが満ちてきた。

「ああ……、出るわ……」

冬美が言い、そちらの割れ目を舐めると柔肉が蠢き、すぐにも温かな流れがほとばしってきた。

それを舌に受け、淡く控えめな味と匂いを堪能しながら彼は喉に流し込んだ。流れは勢いを増し、口から溢れた分が温かく肌を伝い流れ、心地よくペニスを浸していった。

「出ちゃう……」

ようやく尿意の高まった怜子も言い、彼はそちらの割れ目に口を当てた。その間も、冬美の流れが香りを揺らめかせて肌を濡らしていた。

怜子の割れ目からもポタポタと雫が滴り、すぐに緩やかな流れになって口に注がれた。

こちらは稽古中に多くの汗を流したので、味わいも匂いも濃くなっていたが、それがまた興奮をそそるのだった。

平夫は喉を潤し、また冬美の方に戻ると、もう流れは治まってしまった。

舌を挿し入れて余りの雫をすすり、残り香を味わった。

すると怜子も勢いが衰えたので、割れ目に戻って口を付けて飲み込むと、こちらも流れが止まった。

舌を這わせると新たな愛液が溢れ、舌の動きを滑らかにさせた。

「ああ……、もうダメ……」

怜子が膝をガクガク震わせて言い、とうとう座り込んでしまった。

冬美も腰を下ろし、また三人はシャワーの湯で全身を洗い流した。

「すごいわ。まだ出来るのね……」

すっかり回復し、ピンピンに勃起しているペニスを見下ろして冬美が言う。

もちろん平夫も、二人揃っている機会など滅多にないだろうから、もう一回ぐらい射精したかった。

全裸のまま更衣室のマットに戻ると、まだ余韻から覚めないように怜子が横たわり、冬美が添い寝した。

「ね、今まで二人でどんなことをしてきたの」

平夫は、女子大生たちの体臭の籠もる部屋に座って訊いた。女同士のカラミも見てみたかったのだ。

「バイブとか使うことはあったの?」

「ないわ。指とお口だけよ。こんなふうに……」

冬美が答え、怜子にピッタリと唇を重ね、割れ目に指を這わせはじめた。

「ンン……」

怜子も呻き、クネクネと身悶えはじめた。

女同士の熱い息が混じり合い、舌がからんでいるかのように頰が蠢いた。

すぐにも、冬美の指の動きに合わせて怜子の割れ目からピチャピチャと湿った音が聞こえてきた。

(すごい……)

やはり目の前で見ると、その迫力と興奮が平夫を魅了した。

さらに冬美は覆いかぶさり、互いのオッパイをムニュムニュと擦り合わせ、なおも舌をからめていた。

怜子は、もう少しもじっとしていられないように身をくねらせ、熱い息を弾ませていた。一方、冬美は移動し、怜子の股間に顔を埋めながら、自分の下半身も彼女の顔に向けたのだ。

いつしか二人は、互いの内腿を枕にして割れ目を舐め合い、息を籠もらせて舌を蠢かせる音を立てた。感じるたび、二人の腰がビクッと反応し、それぞれ溢れた愛液をすすっていた。

見ているだけで平夫は胸が高鳴り、暴発しそうなほど高まってしまった。

二人は体位を変え、脚を交差させて互いの股間を密着させ、相手の脚にしがみつきながら腰を動かした。

濡れた割れ目が吸い付き合い、擦れ合ってクチュクチュと音を立てた。

「アア……、いい気持ち……」

怜子が喘ぎ、冬美も上気した顔を仰け反らせて激しく割れ目を擦りつけた。

もう我慢できず、平夫も参加して二人の乳首を吸って舌で転がし、混じり合った体臭で胸を満たした。

「いいわ、もう一度、先に怜子に入れて……」

冬美が身を離して言うと、平夫も仰向けの怜子に股間を進め、今度は正常位でヌルヌルッと挿入していった。

「ああッ……！」

怜子が身を弓なりに反らせて喘ぎ、キュッときつく締め付けてきた。

平夫が身を起こしたままズンズンと腰を突き動かし、心地よい摩擦を味わっていると、冬美が怜子の上に覆いかぶさり、尻を突き出してきた。

「私にも入れて……」

言われて彼は引き抜き、怜子の愛液にまみれたペニスをバックから冬美の膣口に押し込んでいった。

「あう……、いいわ、もっと激しく……！」

冬美が根元まで受け入れて呻き、クネクネと色っぽく尻を動かした。

平夫も下腹部に当たって弾む尻の感触を味わいながら、膣内の摩擦に高まっていった。

「いい気持ち……、今度は私の中でいって……」

冬美が腰を前後させながら言う。

「それなら、また上になって……」

平夫は言って、ヌルッと引き抜いた。すると二人は場所を空け、彼は真ん中に再び仰向けになった。怜子が添い寝し、冬美はすぐ跨がり、一気にペニスを膣内に納めて身を重ねてきた。

「ああ、いい気持ちよ。すぐまたいきそう……」

冬美が息を弾ませて言い、自分から腰を動かしはじめた。

「ね、また唾が欲しい。今度は顔に思い切り吐きかけて……」

平夫は、自分の恥ずかしい要求に興奮し、彼女の内部でペニスを最大限に膨張させた。

「そんなことされたいの。変態ね」

冬美は言うなり唾液を溜めて息を吸い込み、強くペッと吐きかけてくれた。

「ああ……」

「さあ怜子も」

彼が喘ぐと冬美は促し、怜子も顔を上げ、近々と顔を寄せて勢いよく吐きかけてきた。

二人の甘酸っぱい息とともに、生温かな唾液の固まりが鼻筋や頬を濡らし、トロリと耳にまで伝い流れた。

「本当、すごく硬くなってる……、アア、いきそう……！」

冬美が腰の動きを激しくさせて喘ぎ、平夫も下からしがみつきながらズンズンと股間を突き上げはじめた。大量の愛液に互いの股間がヌルヌルになり、さらに彼は二人の口を求めた。

また二人は舌を伸ばし、彼の口に割り込ませてきた。

平夫はそれぞれの滑らかな舌を舐め回し、滴る唾液で喉を潤しながらうっとりと酔いしれた。

さらに顔を擦りつけると、二人も舐め回してくれた。

「いきそう……」

平夫は充分に高まって口走り、二人の顔を引き寄せた。

それぞれのかぐわしい口で鼻を覆ってもらうと、微妙に異なる果実臭が混じり合って鼻腔を満たした。二人も惜しみなく甘酸っぱい息を吐きかけ、冬美も激しく腰を遣いながら膣内の収縮を活発にさせた。

「く……！」

堪らずに平夫が昇り詰め、大きな快感とともに勢いよく熱いザーメンを内部にほとばしらせると、

「い、いく……、あぁーッ……！」

噴出を感じた途端にオルガスムスのスイッチが入り、冬美が熱く喘ぎながらガクンガクンと狂おしい痙攣を開始した。

平夫も締まる膣内の摩擦で、心ゆくまで快感を味わい、最後の一滴まで出し尽くしていった。

「ああ……、すごかった……」

彼は満足しながら声を洩らし、グッタリと身を投げ出していった。

冬美も肌の強ばりを解いて力を抜き、遠慮なく彼にもたれかかった。

膣内は名残惜しげにキュッキュッと収縮し、過敏になったペニスがヒクヒクと震えた。

そして平夫は二人の顔を寄せ、混じり合った息の匂いで鼻腔を満たしながら、うっとりと快感の余韻を味わったのだった……。

5

「いいかしら、また吸って下さる？」

昼過ぎに平夫が帰宅すると、秋枝が客間に入ってきた。

どうやら、彼の帰りを待ちわびていたらしく、相当に淫気が高まっているようだった。

もちろん平夫も、彼女を見て甘ったるい匂いを感じた途端に股間が熱くなってきてしまった。

今日は朝から宇津美として、女子大生四人として、さらに３Ｐをしてきたところだが、やはり男というものは相手さえ変われば、すぐにも淫気がリセットされその気になるものらしい。しかもパワーが絶大なので無限に出来そうだった。

浴衣姿で寛いでいた彼は、すぐにも帯を解いて全裸になり、秋枝も全て服を脱ぎ去って布団に横になった。

平夫も添い寝し、腕枕してもらい、まずは腋の下に鼻を埋めて濃厚な体臭を嗅ぎながら巨乳に手を這わせた。

やはり豊満な母乳妻となると、甘えたい気持ちが先に立ってしまう。

充分に汗の匂いを嗅いでから、すでに母乳の雫が滲みはじめてる乳首に移動してチュッと吸い付いていった。

「アア……」

秋枝がうっとりと喘ぎ、身悶えながら甘ったるい匂いを揺らめかせた。

平夫も乳首を唇に挟んで、生ぬるく薄甘い母乳を吸い出した。喉を潤すと、口の中にも甘い匂いが広がり、甘美な悦びに胸が満たされた。

もう片方の乳首にも移動して含み、強く吸って新鮮な母乳を味わい、心ゆくまで飲み干した。

左右とも充分に味わうと、彼は滑らかな肌を舐め降り、臍を舐めて張り詰めた下腹から豊満な腰、ムッチリした太腿を舌でたどっていった。

色っぽい脛のまばらな体毛に頬ずりして足首まで下り、足裏に回って顔を押し付けた。

硬い踵から柔らかな土踏まずを舐め、指の股に鼻を割り込ませて嗅いだ。

そこは今日も汗と脂にジットリと湿り、生ぬるく蒸れた匂いが濃く沁み付いていた。

平夫は、何度も深呼吸して美人妻の足の匂いを貪り、爪先にしゃぶり付いていった。全ての指の股を舐め回し、もう片方の足も念入りに味と匂いを堪能し尽くした。

「あう……、くすぐったいわ……」

秋枝はクネクネと腰をよじって呻き、ようやく彼も口を離すと、開かせた脚の内側を舐め上げていった。

彼女も期待に息を弾ませて自ら大股開きになり、平夫も白く滑らかな内腿を舐め上げ、熱気と湿り気の籠もる割れ目に迫った。

興奮に濃く色づいた陰唇を指で広げると、やはり膣口の襞には母乳に似た白濁の本気汁がまつわりつき、光沢あるクリトリスも愛撫を待つようにツンと突き立っていた。

平夫も顔を埋め込み、黒々と艶のある茂みに鼻を擦りつけ、隅々に籠もった汗とオシッコの匂いを貪りながら、舌を挿し入れていった。

襞のヌメリを舐め回すと、淡い酸味が感じられ舌の動きが滑らかになった。

膣口からクリトリスまで舐め上げていくと、

「アア……、いい気持ち……！」

秋枝が顔を仰け反らせて喘ぎ、量感ある内腿でキュッときつく彼の両頬を挟み付けてきた。

平夫は美人妻の味と匂いを心ゆくまで吸収し、彼女の両脚を浮かせて豊満な尻に迫っていった。

谷間の蕾はレモンの先のように僅かに突き出て粘膜の光沢を放ち、鼻を押しつけて嗅ぐと生々しい匂いが悩ましく鼻腔を刺激してきた。

彼は胸いっぱいに嗅いでから舌を這わせ、ヌルッと潜り込ませた。

「あう……！」

秋枝は熱く呻き、キュッと肛門で舌先を締め付けてきた。やがて平夫は彼女の前も後ろも存分に味わうと、ようやく股間から離れて添い寝し、仰向けになっていった。

心得たように秋枝が身を起こし、彼の股間に顔を移動させせた。

平夫も股を開いて秋枝を真ん中に迎え、自ら両脚を浮かせて尻を突き出すと、もちろん彼女も厭わず肛門を舐め回してくれた。

「ああ……、いい……」

平夫はヌルッと潜り込んだ舌を肛門で締め付けながら喘ぎ、彼女も内部でクネクネと舌を蠢かせた。

そして舌を引き抜くと秋枝は胸を突き出し、母乳の滲む乳首を、唾液に濡れた肛門に押し込んでくれたのだ。

「き、気持ちいい……」

彼は尻全体に巨乳の膨らみを感じ、浅く潜り込んだ乳首を締め付けて快感を高めた。

やがて秋枝は胸を引き離し、彼の脚を下ろして陰嚢を舐め回し、ペニスの裏側を賞味するようにゆっくり先端まで舐め上げてきた。

尿道口から滲む粘液を舐め取り、張りつめた亀頭をくわえ、そのままスッポリと喉の奥まで呑み込んでいった。

「アア……」

生温かな唾液に濡れた口腔に根元まで含まれ、彼はうっとりと快感に喘いだ。

秋枝も熱い鼻息で恥毛をくすぐり、口で幹を丸く締め付けて吸い、内部ではクチュクチュと舌を蠢かせた。

「い、いきそう……」

高まった平夫が言うと、彼女はすぐにスポンと口を引き離し、また横になっていった。

「お願い、上から入れて……」

秋枝が言い、平夫も身を起こして彼女の股間に割り込んで、正常位の体勢になった。複数の女子大生を相手のときは受け身になる方が良かったが、豊満な秋枝は上に乗る方が肌の弾力が感じられて心地よいのだ。

先端を濡れた割れ目に押し付け、感触を味わいながら、ヌルヌルッとゆっくり挿入していった。

「ああッ……、奥まで当たるわ……」

根元まで押し込むと、秋枝が顔を仰け反らせて喘ぎ、キュッときつく締め付けてきた。

平夫は股間を密着させ、脚を伸ばして身を重ねていった。

まだ動かず、温もりと感触を味わいながら屈み込み、また母乳の滲む両の乳首を交互に吸い、やがて白い首筋を舐め上げて唇を求めていった。

開いた口からは、熱く湿り気ある息が花粉のような甘さを含んで弾んでいた。

鼻を押しつけて嗅ぎ、美人妻の吐息で胸をいっぱいに満たしてから、彼は唇を重ね、徐々に腰を突き動かしていった。

「ンンッ……！」

秋枝も、挿し入れた彼の舌にチュッと吸い付きながら呻き、下からしがみついてズンズンと股間を突き上げはじめた。

彼女の舌は滑らかに蠢き、平夫は生温かな唾液をすすりながら律動を早めていった。互いの動きもリズミカルに一致し、溢れた愛液がピチャクチャと卑猥な摩擦音を響かせた。

体重を預けて動くと、下で秋枝の肌が弾んで実に心地よかった。

平夫は股間をぶつけるように突き動かし、ジワジワと絶頂を迫らせていった。

すると秋枝の方が先にオルガスムスに達し、膣内の収縮を活発にさせ、彼を乗せたままガクガクと腰を跳ね上げはじめたのだ。

「き、気持ちいい……、すごいわ……、アアーッ……！」

彼女が身を弓なりに反り返らせて喘ぐと同時に、平夫も大きな絶頂の快感に全身を貫かれていた。

「く……！」

呻きながら、熱い大量のザーメンをドクンドクンと勢いよく注入すると、

「あう……、もっと……！」

噴出を感じた彼女が、きつく締め付けながら駄目押しの快感に身悶えた。

平夫も心地よい肉襞の摩擦の中、激しく動き続けて最後の一滴まで出し尽くしていった。

満足しながら動きを弱め、グッタリともたれかかると、

「ああ……、良かったわ……」

秋枝も声を洩らし、肌の硬直を解きながら身を投げ出していった。

彼は収縮する膣内でヒクヒクと幹を震わせ、喘ぐ口に鼻を押し込んで湿り気ある甘い息を嗅ぎながら余韻に浸った。

そして股間を引き抜いてゴロリと横になると、彼女がすぐにも身を起こし、愛液とザーメンにまみれた亀頭にしゃぶり付いてきたのだ。

ヌメリを舐め取り、根元まで含んで吸い付いた。まるで母乳を与えたお返しを

求めているかのようだ。

「あうう……、も、もう勘弁……」

平夫が腰をよじって降参すると、ようやく彼女もスポンと口を離してくれた。

そして再び横になりながら、秋枝はティッシュを手に取り、自分で割れ目を拭った。

「まだしばらく居てくれるの？」

「ええ、木曜に帰る予定ですので」

「そう、良かった。まだ出来るわね……」

秋枝は言い、好色そうに彼を見つめたのだった。

第六章　果てなき快楽

1

「なぜ、幕府軍を助けに宇宙船は来なかったんでしょう。榎本武揚が宇宙の意思を感じたのに」

夜半、平夫は座敷牢の寧々子を訪ねて訊いた。

今日も、牢内には生ぬるく甘ったるい匂いが、毒々しいほど濃く立ち籠めていた。そして寧々子だけは、他の美女たちとは一風異なる妖しい雰囲気を醸し出していた。

「来たのだけれど、五稜郭に降りなかった。それだけ」

巫女姿の寧々子が、神秘の眼差しで彼を見つめながら答えた。

「え……、来ていた？　どこに……」

「ここよ。この屋敷は、地下にある宇宙船の上に建てられているの」

寧々子の言葉に、平大は目を丸くした。

その磁場の上にあるから、屋敷そのものも影響を受け、各部屋が自在に移動したりするのかも知れない。

「そんな……、どうしてこっちに……」

「来るはずが、時空の歪みで幕末より過去に行ってしまい、この屋敷が建った。榎本は、ここで流星刀を見て宇宙の意思を感じたけれど、それは実は地下からの意思で、来ているのを来ると思い込んだの」

「それだけのことで、歴史が大きく変わった……」

いや、どちらにしろ大きな流れというのは変えられないのかも知れない。

結局榎本は、幕軍が敗れても、戦死も自決もせず、新政府の中で生きてゆくのである。

「地下の宇宙船って、入ることは出来るの？」

「無理。それも私が意思を感知しているというだけで、何の証拠もない」

全ては想像の域を出ない、ということで話を打ち切った寧々子は立ち上がるなり手早く朱色の袴を脱ぎはじめた。平夫の淫気もまた、彼女は感知しているのである。

しかし証拠というなら、無数の触手を伸ばして男を絡め取る、この寧々子の肉体があるではないか。

平夫も浴衣を脱ぎ去って全裸になり、寧々子の体臭が濃く沁み付いた布団に横たわった。

すぐに寧々子も全裸になって、見事な肢体を弾ませて添い寝してきた。

平夫は腕枕してもらい、生ぬるく汗ばんだ腋の下に顔を埋め、甘ったるく濃い体臭を嗅いで勃起しながら、形良い乳房に手を這わせていった。

すると寧々子が仰向けになりながら、腕で彼の顔を押しやり乳首に迫らせた。

そのまま平夫もチュッと吸い付き、張りのある膨らみに顔中を押し付けながら乳首を舌で転がした。

「アア……、噛んで……、本気で……強く」

寧々子が身を投げ出し、喘ぎながら言った。

平夫もコリコリと硬くなった乳首に歯を立て、小刻みに力を込めていった。

「ああ、もっと強く……」

寧々子が彼の髪を撫で回しながらせがんだ。

平夫は左右の乳首を順々に含んで舐め、キュッと強く噛んだ。

しかし、まだ力が弱いらしく、寧々子は彼の顔を胸に押し付けていた。

「ここも、痕が付くほど……」

彼女が、乳首から少し移動した白い膨らみを指して言った。

平夫は柔肌をつまんでくわえ込み、キュッと噛み締めた。

「もっと本気で、思い切り……、ああ、いい気持ち……」

寧々子が喘ぎ、平夫も女体の弾力を味わいながら強く歯を食い込ませた。

興奮で、つい本気の力を出してしまい、慌てて口を離して見ると、唾液に濡れてクッキリ印された歯型が、みるみる消えていった。

やはり異星人の血を引いているのか、回復力が超人的のようだ。

これなら本気で噛んでも大丈夫だろうと、平夫も安心して彼女の脇腹や内腿を強く噛みながら愛撫した。

「ああ……、いい……、もっと、血が出るほど……」

寧々子もうねうねと熟れ肌を波打たせて喘ぎ、いつにない刺激に高まっているようだった。

白く滑らかな内腿に、渾身の力で嚙みつくのも実に妖しい快感だった。そして歯型からうっすら血が滲むほど嚙んでも、すぐに癒えてしまうのである。

彼は舐めるだけでなく、嚙みながら脚を下降し、足裏を舐めて指の股の匂いも貪った。

今日もムレムレの匂いが沁み付き、彼は充分に嗅いでから爪先をしゃぶり、両足とも全ての指の間を舐めてから、寧々子をうつ伏せにさせた。

踵から舐め上げ、脹ら脛にも強く歯を食い込ませて弾力を味わい、太腿を這い上がって尻の丸みも頬張って嚙み締めた。

「く……、もっと……」

寧々子が顔を伏せて呻き、ピクンと尻を震わせた。

平夫は双丘とも嚙んでから、両の親指でムッチリとした谷間を開き、キュッと閉じられた蕾に鼻を埋め込んで嗅いだ。今日も汗の匂いに混じり、生々しい匂いが沁み付き、悩ましく鼻腔を刺激してきた。

そして舌を這わせて襞を濡らし、ヌルッと潜り込ませて粘膜も味わった。

「うう……」

寧々子は呻き、モグモグと肛門で舌先を締め付けてきた。

平夫は舌を蠢かせてから、ようやく顔を上げ、再び彼女を仰向けにさせた。

片方の脚をくぐって股間に顔を寄せると、悩ましい匂いが迎えてくれた。

すでに割れ目はヌメヌメと大量の愛液に潤い、大きなクリトリスも真珠色の光沢を放って突き立っていた。

他の女性とさして変わらぬ割れ目だが、これが挿入されるとバッカルコーンのような触手を伸ばすなど信じられなかった。

茂みに顔を埋め、汗とオシッコの匂いを貪り嗅ぎながら柔肉を舐めると、淡い酸味のヌメリが舌の動きを滑らかにさせた。

膣口の襞を掻き回し、大きなクリトリスまで舐め上げていくと、

「アアッ……、そこも噛んで……」

寧々子がビクッと身を弓なりに反らせて喘ぎ、内腿でギュッと彼の両頬を挟み付けてきた。

平夫も、大丈夫だろうかと思いながら上の歯で包皮を剝き、完全に露出したクリトリスを前歯で挟み、様子を見ながらコリコリと噛み締めた。

「あうう……、いい、もっと強く……！」

寧々子が、さらに大量の愛液をトロトロと漏らしながらせがんだ。

平夫も、もう遠慮せず親指大のペニスに吸い付き、小刻みに噛みながら根元から先端まで移動した。

「あうう、それいい……」

寧々子が声を上ずらせて言い、さらに平夫は舌と歯でクリトリスを愛撫しながら、彼女の肛門に左手の人差し指を押し込み、膣内に右手の指を二本押し込んでいった。

それぞれの指を内部で蠢かせると、どちらも指が痺れるほどキュッときつく締め付けてきた。平夫は前後の穴の内壁を指で小刻みに擦り、なおもクリトリスを吸ったり噛んだりした。

「い、いきそう、待って……！」

寧々子が切羽詰まった声で言うなり、半身を起こして彼の顔を股間から押し出しにかかった。やはり彼女も指や歯などでなく、平夫と一つになって果てたいのだろう。

彼も両の指を引き抜き、残り香を味わいながら誘導されるまま仰向けになると寧々子が上になって覆いかぶさってきた。

長い黒髪がサラリと肌をくすぐり、彼女も平夫の乳首にチュッと吸い付き、熱い息を弾ませながら舌を這わせ、綺麗な歯でキュッと噛んできた。

「あう……！」

彼も、甘美な刺激にビクリと反応しながら呻いた。

寧々子は左右の乳首を交互に舐め、歯を立てたが彼がしたほど渾身の力を込めることはなかった。

さらに彼女は肌を舐め降り、ときにキュッと歯を食い込ませながら股間に迫っていった。ペニスまで噛まれることはないだろうと思ったが、スリルがあってヒクヒクと幹が震えた。

寧々子は陰嚢を舐め回し、肉棒の裏側を舐め上げ、先端まで来ると舌を這わせてからスッポリと根元まで呑み込んでいった。

上気した頬をすぼめて吸い、熱い息を股間に籠もらせながら唇を締め付け、ネットリと舌をからめてきた。

「き、気持ちいい……」

平夫が快感に悶えて言うと、彼女はペニスを唾液にまみれさせただけでスポンと引き抜き、すぐにも起き上がって跨がってきた。

濡れた割れ目を自ら指で広げて先端をあてがい、ゆっくりと膣口に受け入れながら腰を沈み込ませていった。

「アアッ……！」

ヌルヌルッと滑らかに根元まで納めると、寧々子が顔を仰け反らせて喘ぎ、座り込んでピッタリと股間を密着させてきた。

平夫も肉襞の摩擦と温もり、きつい締め付けに包まれて快感を高めた。

寧々子は形良いオッパイを弾ませながらグリグリと股間を擦りつけ、すぐに身を重ねてきた。

彼も両手で抱き留め、僅かに両膝を立てて、締まる局部のみならず尻や内腿の感触を味わった。

寧々子が上から唇を重ねてくると、長い黒髪がサラリと左右から流れ、薄暗くなった内部にかぐわしく濃厚な息の匂いが籠もった。

ヌルリと潜り込んだ長い舌に吸い付き、彼は甘い息に鼻腔を刺激されながら滴る唾液で喉を潤した。

彼女も、ことさらにトロトロと唾液を流し込んでくれるので、平夫は生温かく小泡の多い粘液を味わい、心ゆくまで飲み込むことが出来た。

「ンン……」

寧々子が舌をからめながら徐々に腰を突き動かしはじめ、熱く鼻を鳴らして次第に動きを激しくさせていった。

平夫もリズムを合わせて股間を突き上げると、クチュクチュと湿った摩擦音が聞こえ、溢れた愛液が陰嚢から肛門にまで伝い流れてきた。

「ああ……、いい気持ち……！」

寧々子が口を離し、淫らに唾液の糸を引きながら熱く喘いだ。そして彼の顔中に舌を這わせ、唾液でヌルヌルにしてくれた。

「アア……、すぐいきそう……」

平夫も急激に高まり、超美女の唾液と吐息の匂いに絶頂を迫らせ、激しく律動した。

「ああ……、いいわ、もっと強く……！」

寧々子も声を上ずらせて喘ぎ、激しく股間を擦りつけてきた。

同時に彼女の割れ目が広がり、無数の触手が平夫の股間全体にからみついてきたのである。さらにかぐわしい口が大きく開かれ、長い舌が割れて伸び、やはり顔中まで包み込んだ。

　平夫はクリオネ美女の触手に取り込まれ、悩ましい刺激臭に包まれながら、とうとう昇り詰めてしまった。

「い、いく……！」

　突き上がる大きな絶頂の快感に呻き、ありったけの熱いザーメンをドクンドクンと勢いよく中にほとばしらせた。

「き、気持ちいいッ……、あぁーッ……！」

　噴出を感じた寧々も同時に声を上げ、ガクガクと狂おしい痙攣を開始し、収縮する膣内が最後の一滴まで吸い取っていった。

「ああ……」

　出し切った平夫は声を洩らし、彼女の重みと温もりを感じながらグッタリと手足を投げ出した。激しかったオルガスムスの波が和らいでいくと、もう股間も顔も触手から解放され、寧々子もごく普通の状態に戻っていた。

　いったい彼女の絶頂時の肉体の変化がどのようなものか興味があったが、それを見ることは出来ないのかも知れない。

「良かったわ……」

　寧々子も満足げに声を洩らして肌の強ばりを解き、遠慮なく平夫に体重を預けてきた。

まだ収縮する膣内に刺激され、彼はヒクヒクと幹を震わせ、美女の濃厚な息を嗅ぎながらうっとりと余韻を味わったのだった……。

2

「ここへ来て初めて見たときに比べると、僅かの間にずいぶん逞しくなったわ」

五十鈴が、慈愛の眼差しを平夫に向けて言った。

朝食を終え、彼が客間に戻ると、すぐに五十鈴が入ってきたのだ。今日もみな出払い、いや、誰が在宅していようとも、この迷路のような屋敷内では望まぬ限り誰かに行き会うことはない。

今日も彼女は、誰に会うわけでもないのに髪をアップにし、きっちりと和服に身を包んでいた。

「そうでしょうか」

「ええ、もう東京へ戻っても、勉強でも運動でも誰にも負けないでしょうね」

五十鈴が言う。彼女もまた、平夫が流星刀のパワーをもらったことを知っているのだ。

「でも、すごく女の子にモテるようになるけれど、どうか宇津美のことも忘れないでね」

「ええ、もちろんです」

平夫は答え、ムクムクと勃起してきてしまった。

この屋敷にいると、出会った女性と必ず肌を重ねることになるのだ。あるいは互いの淫気が一致したら、行き合うようになっているのかも知れない。

猿田彦は貝に挟まれて溺死したが、貝とはやはり女性で、平夫も同じように愛欲に溺れそうだった。

「じゃ、脱ぎましょうね」

彼の興奮を見透かしたように五十鈴が言い、立ち上がって自分から帯を解きはじめてくれた。

浴衣姿の平夫もすぐに帯を解き、全裸になって布団に横たわった。

五十鈴は、シュルシュルと衣擦れの音をさせて着物を脱いでゆき、みるみる白い熟れ肌を露わにしていった。

四十を目前にした、彼が知るかぎり最も年上の美熟女だ。

やがて一糸まとわぬ姿になった五十鈴が布団に迫ると、

「ね、ここに立って」

平夫は言って、彼女を顔の横に立たせた。

足の温もりがほんのり感じられ、彼は仰向けのまま屹立した幹を震わせた。

「足を顔に……」

平夫は言って五十鈴の足首を摑み、顔に引き寄せた。

「いいの……?」

五十鈴も拒まず、壁に手を突いて身体を支えながら、そっと足裏を彼の顔に乗せてくれた。彼女に踏まれると、菩薩に踏まれる邪鬼にでもなったような気分だった。

彼は顔中に美女の足裏を受け止め、舌を這わせて指の間に鼻を押しつけて嗅いだ。そこはやはり汗と脂に湿り、蒸れた芳香が濃く沁み付いて悩ましく鼻腔を刺激してきた。

平夫は胸いっぱいに美女の足の匂いを吸い込んでから爪先にしゃぶり付き、桜色の爪の先をそっと嚙み、全ての指の股に舌を割り込ませて味わった。

「アア……、くすぐったいわ……」

五十鈴が喘ぎ、指先で彼の舌を挟み付けながらガクガクと膝を震わせた。

やがて足を交代してもらい、彼は全ての指の間を舐めてから、足首を摑んで顔に跨がらせた。

「しゃがんで……」

興奮を高めながら言うと、五十鈴もゆっくり和式トイレスタイルでしゃがみ込み、白く滑らかな脹ら脛と太腿をムッチリと張り詰めさせ、熟れ肉の覗く割れ目を彼の鼻先に迫らせてきた。

指で陰唇を広げると、かつて宇津美の生まれ出てきた膣口が息づき、白っぽい愛液にまみれて襞が震えていた。

平夫は豊満な腰を抱き寄せ、茂みに鼻を埋め込んで汗とオシッコの混じった匂いを貪りながら、舌を挿し入れていった。

蜜を宿した膣口の襞を掻き回し、淡い酸味のヌメリをすすりながら、クリトリスまで舐め上げていくと、

「アアッ……、いい気持ち……」

五十鈴が顔を仰け反らせて喘ぎ、思わずギュッと座り込みそうになって両足を踏ん張った。

仰向けだから、割れ目に自分の唾液が溜まらず、純粋に愛液だけがトロトロと分泌される様子が舌に伝わってきた。

味と匂いを堪能してから、彼は豊満な尻の真下に潜り込んだ。

顔中に白く丸い双丘を受け止め、谷間に閉じられた薄桃色の綺麗な蕾に鼻を埋め込んで嗅ぐと、やはり生々しい匂いが自然のままに籠もっていた。

平夫は何度も胸いっぱいに嗅いで、美熟女の匂いで鼻腔を刺激され、やがて舌を這わせていった。

イソギンチャクのように収縮する襞を舐めて濡らし、ヌルッと潜り込ませて滑らかな粘膜を味わうと、甘苦いような微妙な味覚が感じられた。

「く……、ダメよ……、変な気持ち……」

五十鈴が息を詰めて呻き、キュッと肛門で舌先をきつく締め付けた。

平夫は舌を蠢かせ、なおも愛液の溢れ続ける割れ目に戻り、ヌメリをすすってクリトリスにも吸い付いた。

「あう……、いきそうよ……」

彼女が言い、平夫も夢中で舌を這わせた。

「ね、オシッコして。決してこぼさないから……」

平夫は真下から言い、なおも割れ目を吸った。

仰向けだが、何しろ今は絶大なパワーがあるから噎せずに全て飲み干す自信があった。

「大丈夫……？　いっぱい出ちゃうかも知れないわ……」

五十鈴も、する気になってくれて言った。この女神は、恐らくどんな要求でもきいてくれるのだろう。

返事の代わりに舌の動きを活発にさせ、彼は溢れる愛液をすすった。

すると柔肉が迫り出すように盛り上がり、味わいと温もりが変化し、ポタポタと温かな雫が彼の口に滴ってきたのだった。

3

「アア……、出るわ、いいのね……？」

五十鈴が息を詰めて囁き、平夫の口にチョロチョロと緩やかな流れが注がれてきた。

彼は味わう余裕もなく、注意深く懸命に喉に流し込んだが、さしたる抵抗はなく、鼻に抜ける香りも淡いものだった。

「あうう……、大丈夫……？」

勢いがつくと口の中に注がれる音がし、彼女が心配そうに言った。

しかし流れが弱まることはなく、平夫は必死にこぼさないように受け止めて飲み込み、甘美な悦びで胸を満たした。

間もなく強まった勢いも衰えて、すぐに流れは治まってくれた。

結局、平夫は一滴もこぼさずに飲み干すことが出来、残り香の中で舌を挿し入れ、余りの雫をすすった。

「ああッ……！」

さらに大量の愛液が溢れて彼女が喘ぎ、たちまちオシッコの味わいが洗い流されて淡い酸味のヌメリが満ちていった。

「も、もうダメ……、いきそうよ……」

五十鈴が言って股間を引き離し、それ以上の刺激を拒んだ。

そして彼女は仰向けの平夫の胸に屈み込み、熱い息で肌をくすぐりながらチュッと乳首に吸い付いてきた。

「ああ……、噛んで、強く……」

平夫も受け身に転じて喘ぎ、彼女はキュッと綺麗な歯で乳首を噛んでくれた。

五十鈴は左右の乳首を順々に舐め回し、強く吸い付き、歯を立てて念入りに刺激してから、肌を舐め降りていった。

平夫が大股開きになると五十鈴は真ん中に腹這い、白く清らかな顔を彼の股間に迫らせた。

舌を伸ばして陰囊を舐め回し、温かな唾液にまみれさせて睾丸を転がし、さらに前進して肉棒の裏側を舐め上げていった。

「ああ……、いい気持ち……」

平夫は快感に喘ぎ、ヒクヒクと幹を上下させた。

五十鈴は先端まで舐めると、粘液の滲む尿道口にチロチロと舌先を這わせ、ヌメリをすすってからスッポリと呑み込んでいった。

根元まで含むと、上気した頰をすぼめて吸い付き、熱い息を股間に籠もらせながら舌をからめてきた。

「アア……！」

快感に思わず喘いで股間を突き上げると、先端が喉の奥をヌルッと突き、

「ンンッ……」

五十鈴が小さく呻き、さらにたっぷりと唾液を溢れさせてきた。そして顔を上下させ、スポスポと強烈な摩擦を開始してくれた。

「い、いきそう……」

思わず降参するように言うと、すぐに五十鈴もスポンと口を引き離して、再び添い寝してきた。

「いいわ、入れて……」

五十鈴が仰向けになって言うので、平夫も身を起こして彼女の股間に身を割り込ませ、唾液にまみれたペニスを進めていった。先端を割れ目に押し付け、ゆっくり膣口に押し込んでいくと、

「アア……、いい……、もっと奥まで……」

五十鈴が身を反らせて喘ぎ、ヌルヌルッと滑らかに受け入れていった。

平夫も根元まで挿入して股間を密着させ、何とも心地よい温もりと感触の中、両脚を伸ばして身を重ねていった。

すぐに彼女が両手で抱き留め、さらに両脚まで彼の腰に巻き付けてきたのだ。

まるで触手に捕捉されたようにしっかりと抱かれ、彼の下で柔らかな熟れ肌が心地よく弾んだ。

平夫はまだ勿体ないので動かず、屈み込んで乳首に吸い付き、舌で転がしながら巨乳に顔中を押し付けて感触を味わった。ほんのり汗ばんだ胸の谷間や腋からは、生ぬるく甘ったるい匂いが漂っていた。

左右の乳首を交互に含んで舐め、さらに腋の下にも鼻を押しつけ、濃厚な汗の匂いに噎せ返りながら美熟女の体臭で胸を満たした。

そして白い首筋を舐め上げ、喘ぐ口に鼻を押し込んで、五十鈴の湿り気ある口の匂いを胸いっぱいに嗅いだ。白粉のような甘い刺激が鼻腔を満たし、悩ましく胸に沁み込んでいった。

「アア……、突いて、強く奥まで激しく……」

五十鈴が惜しみなく甘い吐息を与えてくれながら囁き、ズンズンと股間を突き上げはじめた。

平夫も合わせて腰を遣うと、肉襞の摩擦が心地よく、溢れる愛液でたちまち律動が滑らかになっていった。ピチャクチャと淫らに湿った音が聞こえ、揺れてぶつかる陰嚢も蜜にネットリとまみれた。

快感を高めながら唇を重ねると、五十鈴も生温かな唾液にトロリと濡れた舌をからみつけてきた。

「ンン……」

彼女が呻いて吸い付くたび、膣内もキュッと締まり、平夫は腰の動きが止まらなくなっていった。

「ああ……、い、いっちゃう……！」

やがて膣内の収縮を活発にさせた五十鈴が口を離して仰け反り、熱く喘ぎながらガクガクと狂おしく腰を跳ね上げてきた。

どうやら大きなオルガスムスの波に呑み込まれたようで、続いて平夫も溶けてしまいそうな快感に全身を包まれてしまった。

「く……！」

呻きながら、ありったけの熱いザーメンをドクンドクンと勢いよくほとばしらせると、

「く……、いい、もっと……！」

噴出を感じた五十鈴が駄目押しの快感を得たように呻き、さらにきつく締め付けてきた。平夫は全て出し切り、満足しながら徐々に動きを弱め、豊満な熟れ肌にもたれかかった。

「アア……」

五十鈴も声を洩らし、満足げに肌の強ばりを解いてグッタリと身を投げ出していった。平夫は、息づくような収縮を繰り返す膣内で、ヒクヒクと過敏に幹を震わせた。

そして彼女の甘い吐息を間近に嗅ぎながら、うっとりと快感の余韻に浸り込んでいったのだった。

やがて呼吸を整えると、平夫はそろそろと身を起こして股間を引き離していった。ティッシュを手にし、手早くペニスを拭うと、腹這いになって割れ目を覗き込んだ。

陰唇の内部で、女の匂いを放ってヌメヌメと妖しく蠢く柔肉が艶めかしく、まさに陰唇もクリトリスも、大きな貝のようだった。

彼は拭き清める前に、そっと割れ目に指を這わせた。

すると、そのときである。

いきなり無数の触手が伸びて彼の手首に巻き付き、そのまま膣内へとグイグイ引き込んでいったのだった。

「うわ……！　い、五十鈴さん、助けて……」

思わず言ったが、目の前で大きく陰唇が開いて彼を呑み込み、彼女の反応など見る余裕もなかった。

左手で身体を支えようとしたが、それも触手に絡め取られ、とうとう彼は巨大な割れ目の中に吸い込まれてしまった。

どうやら巨大なクリオネ型異星人の特質は、寧々子よりも五十鈴の方が多く持っていたようだった。

温かく濡れた狭い洞窟の中へ引き込まれていったが、暗くはなく周囲には蠢くピンクのヒダヒダが見えた。

さらに奥へ奥へと呑み込まれていくと、ピンクの色が薄れ、金色や銀色をした無数の鈴のような中へと入っていった。

見たこともない光景である。

（まさか、ここは地下にある宇宙船の中……？）

平夫は思った。五十鈴の体内が、時空を越えて地下の宇宙船に繋がっているのではないだろうか。

しかし潜り込むと、それは無数の鈴ではなく、柔らかな泡のようだった。

それが全身を包み込み、平夫は溶かされるような思いで懸命にもがいた。

まるで、ヒラフ貝に腕を挟まれて溺死した猿田彦のようだ。

（お、溺れる……）

平夫は艶めかしい空間に包み込まれて呻き、とうとうそのまま意識を失ってしまったのだった……。

4

「平夫君、大丈夫……？」

彼が意識を取り戻し、うっすらと目を開けると、そこに浴衣姿の宇津美がいて顔を覗き込んでいた。

「あ……、ここは……」

平夫は布団に全裸で、仰向けのまま言って周囲を見回したが、そこはいつもの客間であった。

「僕は、どうしていたんだろう……」

「丸二日間も眠り続けたわ。明日は木曜よ。朝には出て東京へ帰るの」

「どうして……」

「ママに取り込まれて、生まれ変わったんだわ」

宇津美が、こともなげに言った。

では、五十鈴の触手に絡め取られ、体内に引き込まれていったのは事実だったらしい。

さらに宇宙船の内部のような場所へ行って、異星人から多くの能力をもらって、再び五十鈴から生まれ出てきたようだった。

やはり流星刀に触れただけでは、その能力も一時的で不完全なものだったようだが、生まれ変わった今は寧々子や五十鈴に匹敵するぐらいの絶大な力を宿してしまったのかも知れない。

そして一族の者は、流星刀が認めた男を後継者として、平夫を選んだのではないか。

「じゃ、僕と宇津美は姉弟……？」

「そんなことないわ。似たようなものだけれど、基本的には今までと同じよ。ただ回復力が人並み外れて良くなっているはず」

宇津美が言い、彼の股間に指を伸ばしてきた。そして萎縮しているペニスを摘み、包皮を剥いてクリッと亀頭を露出させた。

「思い切り嚙んでも、すぐに治るわ。試すわね」

「ま、待って。試すなら他の場所にして……」

平夫が慌てて言うと、宇津美はクスッと肩をすくめて笑い、ペニスから指を離した。

「じゃ、ここならいいかしら」

言って彼女は平夫の左腕を持ち上げ、大きく開いた口で二の腕の肉をくわえ込み、キュッと渾身の力で歯を食い込ませてきた。

「あう……」

平夫は甘美な痛みに呻いたが、痛み以上に心地よさを感じた。

宇津美は容赦なく、きりきりと噛みついて肌を食い破ってから、口を離した。

見ると唾液に濡れた歯型がクッキリと印され、うっすらと血が滲んでいたが、みるみる傷口が塞がっていくではないか。

寧々子と同じように、絶大な回復力を身につけてしまったようだ。

「すごい……」

歯型も消え去った肌を見て、平夫は感嘆の声を洩らした。

「じゃ、怪我をしてもすぐ治る?」

「ええ、どんな目にあっても大丈夫。痛みに失神することもないし、あとは勉強もスポーツも万能」

「他にどんな力が？」

「女性を抱けば、誰もが身も心も奪われるわ。でも私のことだけは忘れないで」

宇津美が、五十鈴と同じようなことを言った。

「もちろん。浮気はするかも知れないけど、宇津美への気持ちは本気だから」

「ええ、それでいいわ」

彼女は、猿田彦と一緒になったウヅメのように福々しい笑みを浮かべ、すぐに帯を解いて浴衣を脱ぎ去っていった。

「生まれ変わった最初の相手は、私にして」

宇津美が言って一糸まとわぬ姿になり、添い寝してきた。

平夫は甘えるように、美少女に腕枕してもらい、白く神聖なオッパイに顔を寄せていった。

「宇津美も能力があるの？」

「私は、回復力はあるけれど触手は伸びないわ」

「僕は？　ペニスが割れてバッカルコーンが飛び出すとか」

「それも無いから安心して」

言われて、平夫もほっとして美少女の甘ったるい体臭に包まれ、ムクムクと勃起していった。丸二日も眠ったにしては、それほど腹も減っていないし、むしろ欲望の方が先に立った。

何しろ二日間射精しておらず、ザーメンが溜まっているのである。

腋の下に鼻を埋め、悩ましい汗の匂いを胸いっぱい嗅いで舌を這わせ、乳首を指でいじると、

「あん……」

すぐに宇津美が喘ぎ、クネクネと反応しはじめた。一族のものとなり、さらに相性が良くなって愛撫が感じるようだった。

やがて彼は充分に体臭を嗅いでから宇津美を仰向けにさせ、薄桃色の乳首にチュッと吸い付き舌で転がした。

左右の乳首を含んで舐め、顔中で張りのある膨らみを味わってから、滑らかな肌を舌でたどっていった。

愛らしい縦長の臍を舐め、ピンと張り詰めた腹部に顔中を押し付けて弾力を噛み締め、腰からムッチリした太腿へ降りていった。

足を舐め降り、足裏も舌を這わせてから指の股に鼻を割り込ませ、汗と脂に

湿ってムレムレになっている匂いを貪って爪先をしゃぶった。

「アアッ……！」

宇津美がビクッと顔を仰け反らせて喘ぎ、クネクネと下半身を悶えさせた。

平夫は両足とも味と匂いが消え去るほど貪ってから、股を開かせて脚の内側を舐め上げていった。

そして先に彼女の両脚を浮かせ、白く丸い尻の谷間に鼻を埋め込み、ピンクの蕾に籠もった悩ましい匂いを嗅いだ。

可愛い匂いに鼻腔を刺激されながら舌を這わせ、息づく襞を濡らしてヌルッと潜り込ませ、粘膜を味わった。

「あう……、ダメ……」

宇津美が羞恥と快感に呻き、モグモグと肛門で舌先を締め付けてきた。

平夫は充分に舌を蠢かせてから脚を下ろしてやり、すでにヌラヌラと蜜の溢れる割れ目に迫った。

指で陰唇を広げると、花弁状に襞の入り組む膣口が妖しく息づき、真珠色のクリトリスも綺麗な光沢を放っていた。

堪らず美少女の割れ目に顔を埋め込み、柔らかな若草に籠もる汗とオシッコの匂いを貪り嗅ぎながら、舌を挿し入れていった。

淡い酸味の蜜を味わい、クチュクチュと膣口を掻き回してから、ヌメリを掬い取りながらクリトリスまで舐め上げていくと、

「アアッ……、いい気持ち……！」

宇津美が身を弓なりに反らせて喘ぎ、内腿でキュッときつく彼の両頬を挟み付けてきた。

クリトリスをチロチロと舌先で弾きながら彼が目を上げると、張り詰めた下腹がヒクヒクと波打ち、可愛いオッパイの間から仰け反って喘ぐ、美少女の可憐な表情が見えた。

「ね、オシッコ漏らして。決して布団は濡らさないから」

平夫は、五十鈴にも求めたことをせがんだ。今は、そのとき以上にパワーが増しているから、まずこぼす心配は皆無である。

「あん……、こんな格好で出ないわ……」

仰向けのまま宇津美が言い、平夫はクリトリスを吸い、排尿を促すように執拗に尿道口あたりを舐め回した。

「あう……、出るわ、いいの……？」

やがて尿意が高まったように宇津美が息を詰めて言い、なおも吸い付くと、チョロチョロと温かな泉が溢れてきた。

味も匂いも淡く、平夫は美少女から出たものを嬉々として受け止め、こぼさないように喉に流し込んでいった。

「アア……、信じられない……」

宇津美がゆるゆると放尿しながら言ったが、この屋敷の住人の方がもっと信じられないのである。

流れはすぐに治まり、もちろん一滴もこぼさずに平夫は飲み干した。

そして可愛らしい残り香を感じながら割れ目に口を付け、舌を挿し入れて余りの雫をすすった。

「も、もういいわ。今度は私が……」

宇津美が絶頂を迫らせたように身をよじって言い、身を起こしてきた。

平尾も素直に股間から離れ、再び仰向けになった。

すると宇津美が股間に顔を寄せてきたので、彼は自分から両脚を浮かせて尻を突き出した。

彼女は厭わず顔を押し付け、平夫の肛門をチロチロと舐め回して濡らし、熱い鼻息で陰嚢をくすぐりながらヌルッと舌を潜り込ませてくれた。

「あう……、いい気持ち……」

平夫も妖しい快感に呻き、肛門でキュッと美少女の舌を締め付けた。

中で舌が蠢くとペニスがヒクヒクと上下し、やがて彼女は脚を下ろして陰嚢を舐め上げ、ペニスの裏側を舌先でたどってきた。

先端まで来ると尿道口のヌメリを舐めてくれ、そのままスッポリと喉の奥まで呑み込んでいった。

平夫は美少女の熱く濡れた口の中で、唾液に濡れた幹を震わせた。

宇津美も息を股間に籠もらせながら、念入りに舌をからませ、吸い付いてくれたのだった。

5

「ああ、気持ちいい……、上から跨いで入れて……」

平夫が絶頂を迫らせて言うと、宇津美もチュパッと口を引き離し、すぐにも身を起こしてきた。

股間を進め、濡れた割れ目を先端に押し付け、位置を定めてゆっくり腰を沈み込ませた。たちまち屹立したペニスはヌルヌルッと滑らかな肉襞の摩擦を受け、根元まで納まっていった。

「アアッ……！」

宇津美がビクッと顔を仰け反らせて喘ぎ、完全に股間を密着させて座り込みながら、キュッときつく締め付けてきた。

平夫も美少女の温もりと感触を嚙み締め、内部でヒクヒクと幹を震わせた。

両手を伸ばして抱き寄せると、宇津美も身を重ねてきた。

彼は下から宇津美の唇を求め、ネットリと舌をからめて生温かく清らかな唾液を味わった。

そしてズンズンと小刻みに股間を突き上げると、

「ああ……、いい気持ち……」

宇津美が口を離して喘ぎ、すっかり痛みはなく快感だけを受け止めはじめたようだった。

平夫は彼女の喘ぐ口に鼻を押し込み、甘酸っぱい果実臭の息を胸いっぱいに吸い込んだ。今日も宇津美の口は、リンゴとイチゴを食べたあとのように可愛らしい匂いをさせていた。

「唾を飲ませて……」

囁くと、宇津美も懸命に唾液を口に溜め、トロリと吐き出してくれた。

平夫は生温かく小泡の多いシロップを味わい、うっとりと喉を潤して酔いしれた。悦びがペニスに伝わり、彼は小刻みにズンズンと股間を突き上げはじめていった。

「アア……」

宇津美も腰を動かしながら喘ぎ、大量の愛液を漏らしてクチュクチュと湿った摩擦音を響かせた。

「顔じゅうも舐めて……」

高まりながら言うと、彼女もペロペロ舌を這わせて平夫の鼻の穴から頬、瞼まで生温かな唾液でヌルヌルにまみれさせてくれた。

「ああ、いきそう……」

平夫は美少女の唾液と吐息の匂いに包まれながら喘ぎ、そのまま昇り詰めてしまった。

「く……！」

突き上がる快感に呻き、同時に熱い大量のザーメンをドクンドクンと勢いよくほとばしらせ、柔肉の奥深い部分を直撃した。

「き、気持ちいい……、アアーッ……！」

すると、噴出を感じた途端に宇津美も声を上ずらせ、ガクガクと狂おしい痙攣を開始し、どうやら本格的なオルガスムスに達してしまったようだった。

何度かするたびに反応も良くなっていたし、何しろ今の平夫は宇津美と同族のようなものなのだ。しかもパワーもアップしているから、完全に絶頂が一致したのだろう。

膣内の収縮も高まり、平夫は彼女が昇り詰めたことを喜びながら、大きな快感を嚙み締めて心置きなく最後の一滴まで出し尽くしていった。

すっかり満足しながら突き上げを弱めていくと、

「ああ……、すごかったわ……」

宇津美も荒い息とともに言いながら、肌の硬直を解いてグッタリと彼にもたれかかってきた。

平夫は、息づくような収縮を繰り返す膣内でヒクヒクと過敏に幹を震わせ、美少女の甘酸っぱい息を嗅ぎながら、うっとりと快感の余韻に浸り込んでいったのだった……。

——翌朝、平夫は仕度を調えて、宇津美と一緒に天野家の屋敷を出た。

「では、気をつけてね」

「ええ、また必ず冬休みに来ますから」

神々しい五十鈴に見送られ、平夫は答えた。そして宇津美と、秋枝の車に乗り込んだ。

もちろん座敷牢の寧々子にも、出がけに挨拶をしておいた。

車が走り出し、振り返ると和服姿の五十鈴が手を振っていた。

「本当に、お世話になっちゃったな。不思議な日々だった……」

向き直り、平夫は運転席と助手席の秋枝と宇津美を見ながら言った。

来たときと帰るときでは、成長ぶりがまるで違っていた。しかも五十鈴の体内を通過し、生まれ変わったのである。

やがて小一時間走って函館空港に着くと、平夫は秋枝にも丁寧に礼を言い、やがて彼女は走り去っていった。

「結局、五稜郭へも行かなかったわね」

宇津美が言う。

「うん。でも観光は、また冬休みにでもするから」

平夫は答え、早くも冬になるのが楽しみになってしまった。

「わあ、もしかして同じ便かしら」

と、空港で声をかけてきた者がいた。

冬美と、怜子をはじめとする剣道部の女子大生集団だ。

「うわ、東京で試合ですか」

平夫も驚き、肌を重ねた面々を見回した。彼女たちも、熱っぽい眼差しで平夫を見つめていた。

竹刀や防具などは、別便で東京へ送ってあるらしい。

どうやら彼女たちは試合が済んでも、しばらくは東京に滞在するようなので、また都内で何度か懇ろになる機会も持てそうで、平夫は思わず股間を熱くさせてしまった。

やがて八人は時間まで喫茶してお喋りし、全員と体験している平夫は感慨を込めて今回の旅を思った。主将の怜子も、男を知って貫禄もつき、今回も好成績を残すことだろう。

そして時間になったのでチェックインをし、一行は順々に飛行機に乗り込んでいった。シルバーウイークの最中だが、あまり乗客はおらず、一行の回りはがらんとしていた。

平夫は、今回は窓際ではなく宇津美と冬美の間だ。他の剣道部連中は、並びの横や後部に分散して座った。

すると冬美が、

「ね、少しだけいじらせて……」

カーディガンを脱いで平夫の股間に掛けた。

「いい？　宇津美」

「ええ、平夫君さえ構わなければ」

冬美の言葉に、宇津美が大らかに答えると、彼女は平夫のファスナーを下げ、下着の間からペニスを引っ張り出した。

そしてほんのり汗ばんで柔らかな手のひらに幹を包み込み、ニギニギと動かしはじめた。

「ああ……」

平夫は快感に喘ぎ、冬美の手の中でムクムクと最大限に勃起していった。

まさか旅客機の中で愛撫されるなどとは夢にも思わなかったものだ。

しかも美しいＣＡも乗客たちの間を行き来し、その顔や尻を見ながら、目をかすめて快感を得るのも味わいがあった。

「すごく硬くなってきたわ……」

弄びながら冬美が言い、周囲を窺いながらカーディガンをめくって屈み込み、パクッと亀頭にしゃぶり付いた。

「私も……」

すると宇津美も言って、交代して先端を舐め回してくれた。

平夫は、周囲に人がいる中で二人にフェラされ、微妙に異なる温もりと舌遣いに続々と高まってしまった。

なおも周囲を窺いながら、彼は二人と交互に唇を重ね、生温かな唾液にまみれた舌を舐め、甘酸っぱい息を嗅いで酔いしれた。

しかしベルト着用の放送が流れ、交互にしゃぶっていた二人も顔を上げた。

「残念ね、この続きはまた東京で」

「そ、そんな……」

冬美が言うと、平夫は情けない声を洩らし、生殺しのまま懸命に勃起を抑えてペニスをしまい込んだ。そして三人がベルトを締めると、間もなく機が軽やかに動き出して滑走路へと向かった。

やがて発車時間となり、エンジンの音が高まって機は滑走を開始し、間もなく地を離れて飛び立った。

「見て、五稜郭」

窓際の宇津美が言い、平夫も身を乗り出して窓の下を見ると、そこに五角形の城があった。

彼はその城に、巨大な宇宙船が悠然と降り立っていく幻が見えたような気がしたのだった……。

＊この作品は、書き下ろしです。また、文中に登場する団体、個人、行為などは実在のものとはいっさい関係ありません。

二見文庫

クリおね伝説《でんせつ》

著者　睦月影郎《むつきかげろう》

発行所　株式会社 二見書房
東京都千代田区三崎町2-18-11
電話 03(3515)2311［営業］
03(3515)2313［編集］
振替 00170-4-2639

印刷　株式会社 堀内印刷所
製本　株式会社 村上製本所

落丁・乱丁本はお取り替えいたします。
定価は、カバーに表示してあります。

ISBN978-4-576-16150-1
http://www.futami.co.jp/